Le Girastorie
degli animali

Testi di Sandra Grimm
Illustrazioni di Anna Karina Birkenstock
Traduzione di Anna Carbone

MONDADORI

Indice

Un posticino comodo per il riccio Ferdi	27
L'orsetto Bono è un eroe	100
Ricci stanchi e orsetti morbidi	96
Il riccio Ferdi è davvero coraggioso	8
L'orsetto Bono riuscirà a vincere?	116
Un invito in bottiglia	31
Una passeggiata notturna	60
La festa da ballo sul fiume	113
Che vento dispettoso!	21
Bono, l'orsetto goloso	11
Il gufo e un negozio tutto speciale	47
L'albero dei regali	67
Voglio imparare ad andare in bici!	106
Ben fatto, orsetto Bono!	24
Topi volanti	109
Vola, maialino, vola!	93
Il terribile mostro di fiume	51
Una strana cosa arancione	77
L'orsetto Bono è malato	14
Un vero relitto	83
Due più due fa tre?	103
Gomitoli nei barattoli	37
Chi ha paura dello scorbutico Edelbert?	18
Fips è bravissimo ad acchiappare le cose	80
Il fantasma anatroccolo	86
Una splendida e fredda giornata di neve	70

Il bottino preferito di Munnin 119
Al parco giochi c'è da lavorare! 64
Chi pigola fra le canne? 74
Trasloco sprint per le chiocciole 54
Il coniglio misterioso 57
Pecora tonta e orsetto sciocco 90
Bono, il pasticcione con la pancia piena 44
Bono e la pericolosa avventura con i pirati 122
Pluffi è un mostro bricioloso 34
Gloria sogna 40
Chi è il più veloce? 82
Ai ricci piace starsene tranquilli 85
Quax e il salto da giganti 79
Quax e la fantastica invenzione 53
Nessuno bofonchia come il riccio Ferdi 92
Quax inventa una cosa per il riccio Ferdi 36
Cercatore d'oro 121
Quax ne inventa sempre una nuova 105
La festa dell'orrore più bella del mondo 118
Ma dove sono i soldi? 72
Il riccio Ferdi risparmia l'albero 10
Melascensore e melascivolo 56
Chi fa gli spruzzi più in alto? 63
Il miglior corvo pirata 46
Aiuto! 112
Fips, cantante rubacuori 76

Un grasso fantasma di foglie	69
Son tutti belli i maiali del mondo	33
Anche i maialini pattinano sul ghiaccio!	26
Il porcellino di mare	43
Fips fa l'equilibrista	7
Una stupida altalena di cacca	88
Il tesoro scomparso	30
Un topolino domestico per Fips	13
Antonia conta le pecore	17
Una buona azione	50
L'agnellino Pluffi ha un sederotto peloso!	20
Uovo salvato, ranocchio un po' meno…	23
Ombre sinistre nell'acqua	59
Ciliegie contagiose	66
Qualche volta c'è bisogno di saltare	39
Un agnellino fradicio	108
Con Antonia si sta sempre meglio!	99
Quax ha vinto!	95
Munnin è proprio un corvo fortunato!	102
Una scaletta per topi	115
Antonia è davvero coraggiosa!	35
Il riccio Ferdi scopre una giostra	42
Ma è una trappola!	75
Munnin è un corvo sfortunato… o no?	38
Antonia mette in salvo una mela	12
La visita delle oche	19
Occhio alla mela!	81
Che fame, povera volpe!	48

Un succo di mela per Antonia 94
Un fantasma di foglie e spine 107
Il piatto preferito di Minna 22
Su su in alto nel cielo! 25
Il tesoro del parco giochi 55
Fips sa essere un maialino diligente! 58
Un regalo splendido 32
Una battaglia di sabbia per niente noiosa 120
Il maialino affamato 9
Di topi e di gatti e di acqua 98
Il maialino e il ballo buffo 6
Uno, due, tre, via la porcheria! 101
Chi vuole vedere due manovali diligenti? 71
Un piccolo corvo scaltro 65
Un maialino che non si arrende mai 87
Come si acchiappa un ladro di mele? 28
Toc toc! Chi è che bussa? 91
Munnin è un vero amico! 104
La topolina rossa è tanto triste 68
Un funambolo tutto da ridere 45
Pluffi al salvataggio di Antonia 110
Gloria è un vero tesoro 62
Succo di mela e marmellata 114
La principessa ranocchia 16
Due veri artisti 78
Ma quante belle mele! 117
Qualche volta però Munnin è fortunato 52
(Quasi) tutte le mele sono squisite 84

Il maialino e il ballo buffo

Fips era in riva al fiume e girava come una trottola. Gli uccellini gli volavano attorno e lo guardavano stupiti: ma che cosa stava combinando quel maialino? Si era ingarbugliato tutto: aveva svolto un lungo filo dal rotolo per far alzare in volo il suo nuovo aquilone, ma poi era rimasto impigliato. Non lo aveva mica fatto apposta, però adesso non riusciva più a venirne fuori. Finalmente si alzò il vento: catturò l'aquilone e lo sollevò in aria. Ora a Fips bastava solo ruotare lentamente su se stesso, badando a non lasciar andare lo spago. In un attimo fu libero e il suo aquilone volava alto alto nel cielo! Fips corse allegro per il prato, ma da quello sbadato che era non guardava dove metteva i piedi: calpestò una mela acerba, perse l'equilibrio e ruzzolò in avanti. Il fazzoletto che aveva in testa gli finì sugli occhi, ma non poteva toglierlo se non voleva perdere il filo dell'aquilone.

«Accidenti a queste setole» brontolò. Camminava alla cieca per il prato con il vento che gli ruggiva nelle orecchie. L'aquilone strattonava il filo, ma Fips continuò a tenerlo bello stretto!

Finalmente il vento calò e Fips riuscì a fermarsi. L'aquilone cadde a terra, così il maialino poté lasciar andare lo spago e togliersi il fazzoletto dagli occhi. Ma… sorpresa! Intorno a lui, sul prato, si erano radunati moltissimi animali, che lo salutarono con un bell'applauso.

«È stato il più bel ballo da maialini che abbia mai visto» gracidò il grosso rospo. Fips scoppiò a ridere. Che peccato che non era riuscito a vedersi!

E tu, hai mai fatto volare un aquilone? Provaci!

Fips fa l'equilibrista

Stare in equilibrio non è difficile, soprattutto su un grosso ramo.

Antonia era bravissima. Era un'anatroccola, perciò aveva zampe palmate belle grandi che le garantivano una buona presa. Però anche Quax era davvero bravo. Lui era un ranocchio con zampe molto agili. E Fips? Be', lui invece non se la cavava tanto bene, faceva sempre una gran fatica per tenere in equilibrio il suo tondo pancino da maiale. Ogni volta barcollava e cadeva sull'erba.

«Uffa, devo riuscirci» sbuffò tornando ad arrampicarsi sull'albero caduto. Poi a Quax venne un'idea. «Prova ad aiutarti con la coda» gli suggerì. Fips ci provò: dimenò di qua e di là il codino a cavatappi, ma fu tutto inutile. «Stringi fra i denti un bastone lungo, come fanno gli artisti al circo» gli suggerì Quax. E così, Fips si ficcò in bocca un lunghissimo ramo, ma ondeggiava avanti e indietro anche la testa, e il maialino finì un'altra volta sul prato. «Non è giusto!» brontolò. «Non ci riesco solo perché ho quattro zampe. È difficile metterle a posto tutte.» Aveva ragione, pensò Quax. Poi gli venne un'altra buona idea: «Perché non stai in equilibrio solo sulle zampe di dietro? Quelle sono solo due!» Fips lo guardò sconcertato: perché non ci aveva pensato prima? Così si alzò sulle zampe posteriori e adesso stava in equilibrio sul tronco dell'albero proprio come gli altri. «Bravo!» gli urlarono Antonia e Quax applaudendo entusiasti.

E tu, sai stare in equilibrio? Su che cosa? Un tronco, un muro, il marciapiede?

Il riccio Ferdi è davvero coraggioso

L'orsetto Bono, seduto sull'altalena, dondolava avanti e indietro. «Evviva! Vedo tutto il parco giochi!» gridava felice. Il riccio Ferdi, che era seduto più in basso, sulla giostra, e girava in tondo molto, molto lentamente, lo salutò agitando un braccio. L'orsetto saltò giù dall'altalena. «Facciamo cambio» propose salendo sulla giostra. «No, non sono capace di dondolarmi sull'altalena, ho le braccia troppo corte e l'altalena è troppo grossa» spiegò il riccio. Bono lo guardò perplesso. «È tutta fifa» gli disse. Il riccio Ferdi scosse il capo. «No, non è vero, non è vero per niente» protestò. «È solo che non ne ho voglia.» Ma l'orsetto Bono non cedette. «Su, avanti, vieni» insistette. Con un gran sospiro, il riccio Ferdi scese dalla giostra e corse all'altalena. «Vedi, non riesco a salire così in alto» disse. Ma Bono lo prese in braccio e lo mise a sedere. All'inizio il riccio stringeva solo una delle due corde di lato, poi dimenò i suoi aculei di qua e di là e alla fine riuscì a sistemarsi per bene.

«Ti spingo piano» gli promise Bono, e spinse delicatamente l'altalena.

«Sei bravo» si congratulò Bono con l'amico.

Dopo un po', il riccio Ferdi sorrideva. «Non è così brutto.»

L'orsetto Bono annuì. «Vuoi andare più forte?» Ferdi fece di sì con la testa, e allora Bono lo spinse davvero in alto. «Sono un riccio che dondola» trillava Ferdi tutto felice.

Anche l'orsetto Bono era contento. «E sei pure coraggioso» gli disse.

Poi corse alla giostra: adesso il riccio Ferdi doveva imparare a spingersi da solo.

Sull'altalena puoi anche avvitarti: fatti aiutare dal papà e… via!

Il maialino affamato

«Occhio che arrivo!» gridò Fips. Poi fece un salto in alto e atterrò nel fiume con un gran *ciaf!* L'onda sollevata dal maialino inzuppò tutta la povera Antonia.

«*Quak*, *quak*, non è mica buffo!» brontolò.

Fips si mise a ridere. «Nuotare è troppo divertente!» Giocarono a schizzarsi, fecero gare di nuoto e andarono sotto in cerca di sassi. «Uff, nuotare è stancante!» brontolò Fips pagaiando verso riva. «E fa anche venire fame!» Antonia rise. «Ma tu fame ce l'hai sempre, però purtroppo io qui non ho niente... Ahi, ma che cos'è questo?» Qualcosa di duro le aveva urtato un'ala. L'anatroccola si voltò: «Ehi, Fips, guarda un po' qua!» Nel fiume galleggiavano dei frutti. Un mucchio di mele, di pere e perfino di pannocchie di mais. Fips grugnì entusiasta e si tuffò di nuovo in acqua. Il maialino, che aveva tanta fame, si distese bello comodo sulla schiena lasciandosi trasportare dalla corrente. Di tanto in tanto ruotava la testa e acchiappava una mela, una pera oppure una pannocchia. «Oggi è il mio giorno fortunato!» esclamò tutto contento. Intanto Antonia aveva risalito il fiume. Quando fu di ritorno, starnazzava eccitata: «Lassù sul ponte si è rovesciato un camion ed è caduta in acqua un mucchio di frutta. Aspetta, vedrai che ne arriva dell'altra!» Fips strillò di gioia. E quando proprio non riuscì a mandare più giù niente, con l'aiuto di Antonia raccolse tutti i frutti e li portò a riva. Antonia rise. «Sei davvero un maialino incredibilmente fortunato.» Con un bel grugnito di assenso, Fips porse ad Antonia una pannocchia di mais e lei ne becchettò felice un paio di chicchi. I maialini fortunati sono ben felici di condividere la loro fortuna! E tu, quando sei contento? Che cosa ti rende felice?

Il riccio Ferdi risparmia l'albero

Nel giardino di Ferdi c'era un vecchio albero morto: i suoi rami erano spogli perfino d'estate. Era davvero un po' triste, così il riccio decise di abbatterlo e Quax si offrì di aiutarlo. Andarono all'albero armati di un'accetta, ma lì davanti trovarono un passerottino. «Scusa, ti dispiacerebbe farti da parte? Vorremmo abbattere l'albero» lo pregò Ferdi gentilmente. Il passerotto lo fissò, poi incominciò a cinguettare tutto agitato svolazzando su e giù. Un attimo dopo l'albero era pieno di animali: coleotteri e larve che si erano nascosti sotto la corteccia; coccinelle che dormivano nelle biforcazioni dei rami; topolini che si erano fatti una casetta sotto le radici; uccellini che si riposavano sui rami. Era tutto un cinguettio, uno strido e uno strepito. Il piccolo ranocchio si tappò le orecchie.

«Scusate tanto, non lo sapevamo mica» gridò il riccio. «D'accordo, potete restare, la legna per il camino la prenderò da un'altra parte. Ma perché non fate qualcosa per rendere questo povero albero un po' più allegro?»

Gli animaletti acconsentirono entusiasti. Svolazzarono via lesti, si arrampicarono e tornarono strisciando nei loro nascondigli.

E quando l'indomani il riccio Ferdi guardò fuori dalla finestra, ebbe una bellissima sorpresa: il vecchio albero morto era uno splendore! A ogni ramo svolazzava un fazzoletto colorato, alle biforcazioni erano annodati fili d'erba, esili ragnatele danzavano in controluce e ovunque spuntavano nidi gialli e marroni: uno spettacolo meraviglioso! Il riccio Ferdi aprì la finestra, applaudì entusiasta e gridò forte: «Grazie mille!» Poi corse subito da Quax per raccontarglielo. Cerca un grosso ramo e appendi anche tu dei fazzoletti colorati, dei fiocchi o dei nastri: vedrai che bello!

Bono, l'orsetto goloso

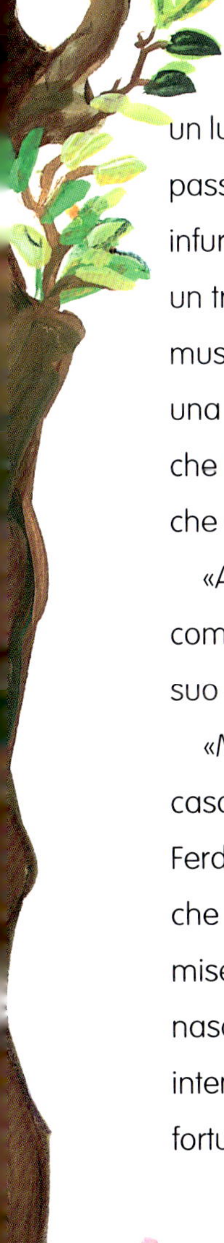

L'orsetto Bono era seduto sopra il ramo di un albero e scostava le foglie con un lungo bastone. «Che cosa stai facendo, Bono?» gli chiese curioso il riccio Ferdi che passava lì davanti. Ma non dovette aspettare una risposta, lo capì dal mucchio di api infuriate che sciamavano attorno al pelo di Bono. «Cerco il miele» rispose l'orsetto. A un tratto cacciò un urlo: «Ahi!» e scese dall'albero frignando, corse al fiume e ficcò il muso nell'acqua fredda. «Però la colpa è tua» gli disse il riccio. «Quando imparerai una buona volta che non devi far arrabbiare le api? Se distruggi la loro casa, è ovvio che loro si difendono.» Bono continuava a piagnucolare piano piano. «Sì, sì, lo so. È che quando sento odore di dolce, non riesco a trattenermi.» Il riccio sorrise.

«Allora vieni a casa mia. Anche lì c'è del miele, però io non l'ho mica rubato, ne ho comprato un barattolo. Senza far arrabbiare le api.» L'orsetto, imbarazzato, evitava il suo sguardo. «E davvero me ne daresti un po'?» Il suo amico annuì.

«Ma certo!» Bono era proprio contento. Per ringraziarlo, spinse il riccio Ferdi fino a casa con il suo carretto, poi si sedette ad aspettare sulla panca davanti alla casa di Ferdi. Poco dopo Ferdi uscì con una fetta di pane con uno strato talmente alto di miele che già sgocciolava giù. «*Gnam gnam*, che bontà» biascicò l'orsetto Bono, e Ferdi si mise a ridere. «Ma sei proprio un orsetto golosissimo! Su, ora fammi un po' vedere il naso.» Spalmò sul muso dell'orsetto una pomata lenitiva, e dato che Bono era tutto intento a leccarsi il gustosissimo miele dalle zampe, non piagnucolò più. Sei stato fortunato, orsetto Bono!

Anche a te il miele piace tanto come all'orsetto Bono? Preparati una fetta di pane con il miele: *gnam gnam*, che bontà!

Antonia mette in salvo una mela

«*Quak, quak...*» L'anatroccola Antonia nuotava felice nel fiumiciattolo. Aveva aperto il suo ombrello preferito, quello colorato con il manico verde.

Non pioveva, ma l'ombrello la proteggeva anche dal sole cocente. Antonia nuotava avanti e indietro quando a un tratto si sentì punzecchiare sulla pancia. «Ahi!» gridò spaventata. Davanti a lei nuotava una strana palla: da una parte era rossa e liscia, dall'altra marrone e piena di spine.

«Ma che cos'è?» chiese stupita.

«Sono io, il riccio Ferdi» ansimò una voce. Con molta attenzione, Antonia girò la palla e poi si mise a ridere. «Ma, Ferdi, perché stringi così forte questa mela? Lo so che sai nuotare!» Il riccio sbuffò. «Sì, ma guarda un po' la mia bella mela! Se la lascio andare, filerà veloce giù per il fiume e non la rivedrò mai più. Non è che potresti tenerla tu con il becco?» La piccola anatroccola aprì il becco al massimo, ma la mela non ci stava. «Che peccato!» esclamò il riccio Ferdi. «E allora, come posso fare?»

Ma l'anatroccola ebbe un'idea fantastica. Capovolse l'ombrello colorato e lo fece navigare sull'acqua come una barchetta. «Posaci dentro la mela» disse. Il riccio Ferdi mise la mela nell'ombrello e poi nuotò in fretta fino a riva. «Uff, che faticaccia!» gemette. Antonia spinse l'ombrello fra le canne con le ali e subito Ferdi acchiappò la sua mela. «Grazie mille, Antonia!» Com'era contento! «Vieni con me, possiamo mangiare insieme fettine di mela.»

Be', Antonia non poteva certo dire di no!

Metti in acqua una ciotolina di plastica: quante fettine di mela (o quanti sassolini) ci puoi mettere dentro senza farla affondare?

Un topolino domestico per Fips

Quax e Fips avevano voglia di saltare la corda, perciò attaccarono una lunga corda a un vecchio albero, Fips afferrò l'altro capo e la fece ruotare per aria. «Salta!» gridò a Quax. E il piccolo ranocchio si mise a saltare. Dopo centodue salti, Quax era senza fiato. «Non ce la faccio più, tocca a te!» E si lasciò cadere sull'erba vicino a Fips. In quello stesso istante si sentì uno schiocco e l'albero si abbatté proprio vicino al ranocchio. «È stata colpa mia?» chiese Quax mortificato.

«No, no, era marcio già da un bel pezzo» lo tranquillizzò il maialino. Il ranocchio saltellò curioso vicino all'albero e sentì un singhiozzo.

«Uh, che paura!» Era la topolina Minna. «*Ueeee*, la mia casa è tutta sottosopra!» Fips corse da lei per consolarla, e dopo un po' Minna smise di piangere. «Ti aiutiamo noi» le promise il maialino. Quax annuì entusiasta, strisciò nella casa di Minna e incominciò a tirare fuori i mobili. «Intanto portiamo tutto da me» propose Fips. «Nell'aia c'è sempre qualche posticino libero.» In breve si sparse la voce che Minna doveva traslocare e molti animali si offrirono di aiutarla. Altri topolini, scoiattoli, il talpone, il bassotto Balduin: ognuno portò qualcosa nel cortile. «E dove vorresti stare?» domandò Fips alla topolina. «Se posso in mezzo al fieno» bisbigliò Minna. «Ma certo. Nel porcile c'è del fieno, così starai vicino a me.» Oh, per Minna andava benissimo! E in quattro e quattr'otto portarono tutto nel fienile. La topolina era felice. E lo era anche Fips, perché aveva sempre sognato di avere un piccolo topolino domestico.

E tu, lo sai dove amano nascondersi i topolini? Qual è il loro cibo preferito?

L'orsetto Bono è malato

L'orsetto Bono starnutì: «*Eccì!*» E starnutì di nuovo, con il naso che gli colava. Andò avanti così per tutto il giorno. «Salute!» gli gridò Fips dal suo porcile. Bono, fermo lì fuori, continuava a soffiarsi il naso con un fazzoletto dopo l'altro. «*Eccì!*» starnutiva di continuo. «Ti sei preso un bel raffreddore» gli disse il maialino. «Deve essere perché ieri sei caduto nel fiume. Vieni qui a scaldarti nel fieno, c'è un bel calduccio!» E invitò il suo amico nel piccolo porcile. Là faceva davvero caldo, si stava proprio bene. L'orsetto si accoccolò subito in mezzo al morbido fieno e Fips lo coprì per bene. «Aspetta qua» gli sussurrò. Bono rispose soltanto: «*Eccì!*»

Fips corse fuori: di sicuro un bel tè bollente avrebbe fatto bene al suo amico. Sapeva che tutti i pomeriggi intorno a quell'ora le oche prendevano il tè insieme dietro il porcile. Ma proprio quando stava per svoltare l'angolo, sentì dietro di sé un gran colpo di tosse. «*Coff, coff, coff!*» Il maialino si voltò e vide Balduin il bassotto steso davanti alla sua cuccia. Sembrava molto malato. «Balduin» gli disse Fips. «Te ne stai coricato sulla terra umida, così non va. Non guarirai mai. Vieni nel porcile con me!» Accompagnò Balduin da Bono e il bassotto corse a coricarsi in mezzo al fieno, vicino all'orsetto ammalato. Adesso Bono e Balduin starnutivano e tossivano un po' per uno. Fips scosse preoccupato la testa. «Ora però devo proprio andare a prendere il tè» disse. E uscì un'altra volta. Ma quando arrivò all'angolo delle oche, non le trovò sedute come al solito a fare merenda! Erano nell'erba, accoccolate una vicino all'altra, ansimavano e tiravano su col naso. «Che mi venga la pelle d'oca...» sospirò Fips. Il vento freddo scompigliava tutte le piume delle oche e quelle povere bestiole tremavano. Fips corse da loro e le spinse nel suo

porcile. Ormai lì dentro incominciavano a stare un po' stretti. Le oche si accoccolarono vicino a Bono e a Balduin e ficcarono la testa sotto le piume. Adesso tiravano su col naso piano piano, mentre Bono e Balduin tossivano e starnutivano ancora. Fips scoppiò a ridere. «Fate proprio un bel coretto mesto!» esclamò. Poi corse difilato al prato delle oche, preparò un bel tè con dei fiori di camomilla appena colti e lo portò agli amici ammalati. Ne diede da bere un po' per uno e in breve anche i colpi di tosse, gli starnuti e i nasi gocciolanti si calmarono. Per tutta la notte Fips corse da una parte all'altra, preparò altro tè, portò coperte, miele di api e cantò piano delle ninne nanne. Solo quando ormai la luna era alta nel cielo gli animali finalmente si addormentarono. Fips sospirò. Aveva appena finito di riordinare quando dalla finestra entrarono i primi raggi del sole. Stanco, si appoggiò a Bono e chiuse gli occhi. Ma improvvisamente il gallo strepitò: «*Chicchirichì!*» Lentamente gli altri animali si svegliarono. «Oh, che bella mattina!» esclamarono le oche. «Mi sento molto meglio» borbottò Bono. Anche Balduin era felice: «Ehi, sono guarito! Grazie, Fips!» Il maialino sorrise. Poi aprì la bocca per salutare gli amici, ma tutto quello che gli riuscì di dire fu: «*Coff, coff, coff, eccì, eccì, eccì!*» Tutti lo guardarono spaventati. E poi si misero a svolazzare, a correre e a girare di qua e di là. «Andate a prendere il tè!» «Dov'è il miele?» «Coperte, ci vogliono altre coperte!» gridavano. In un battibaleno Fips era avvolto in una bella coperta calda e aveva tutto ciò che occorre a un maialino ammalato. Fips sorrise: "Essere malati non è così brutto quando c'è qualcuno che ti cura amorevolmente" pensò. E finalmente si addormentò.

E tu, hai mai assaggiato la camomilla? O il tè alla menta? Prova a raccogliere i fiori: fatti aiutare dalla tua mamma o dal tuo papà!

La principessa ranocchia

Pluffi aveva avuto un'idea fantastica. Dato che non sapeva nuotare tanto bene, aveva teso una lunga corda attraverso il fiume, aveva cercato una vecchia tavola di legno e adesso si tirava da una riva all'altra standoci seduto sopra. «Funziona!» gridò tutto contento.

A un tratto nell'acqua, sul fondo, vide scintillare qualcosa: era un oggetto dorato. "Che cosa potrà mai essere?" pensò l'agnellino. "Sembra una mela d'oro. Devo recuperarla." Ma come fare? Pluffi si sedette sulla riva a riflettere.

«*Cra, cra!*» risuonò eccitato un grido dall'erba vicino a lui. «*Cra!*» Era una piccola ranocchia, arrivata saltellando. Sulla testa portava una minuscola corona d'oro e sembrava disperata. «Che ti succede?» le chiese Pluffi preoccupato. «Ho perso la mia sfera d'oro» spiegò la ranocchia. Subito Pluffi esclamò: «L'ho vista io! È sul fondo del fiume!» In un battibaleno la ranocchia si tuffò in acqua e quando riemerse era raggiante. «Grazie mille!» Poi guardò Pluffi tutta seria. «Vuoi mangiare qualcosa dal mio piatto e dormire nel mio letto?»

Pluffi scosse la testa inorridito. «No! Il tuo letto è troppo piccolo, e poi di sicuro tu ti nutri di mosche, io non le mangerei mai!»

Allora la ranocchia scoppiò a ridere e con un bel salto andò a schioccare un bacione appiccicoso sul muso dell'agnellino e saltellò via gracidando.

"Che buffa avventura!" pensò Pluffi allegro.

Dai anche tu un bel bacione appiccicoso sul naso di chi ti ha letto questa storia.

Antonia conta le pecore

Pluffi e Antonia dormivano tranquilli sotto il grosso albero del parco giochi quando arrivò Quax, il ranocchio, che prese a saltellare tutto eccitato attorno ai due: «Avete voglia di giocare con me?» La piccola anatroccola nascose ancora di più la testa sotto le piume. «No!» mormorò. «E tu, Pluffi?» insistette Quax. L'agnellino sospirò. «Va bene» disse alzandosi. "A che cosa vogliamo giocare?" pensò in fretta Quax. «Facciamo una gara di salti?» Pluffi annuì: coi salti era bravo! Prima si esercitarono un po' sull'erba per vedere chi saltava più lontano, e vinse il ranocchio che aveva zampe lunghe. Poi saltarono sopra un tronco, e Quax se la cavò bene, ma Pluffi fece un vero volo!

«Oh, ma sei davvero forte!» esclamò Quax.

Più in là, Antonia brontolò: «Ecco, adesso non riesco più a riaddormentarmi.»

Il ranocchio rise: gli era venuta un'idea. «Vieni, Pluffi!» Posò un ramo sull'erba davanti ad Antonia, poi prese la rincorsa e lo superò con un salto. Poi fu il turno di Pluffi, poi di nuovo di Quax. «Ma che stiamo facendo?» domandò Pluffi. «Ssst!» fece Quax. «Tu sta' a guardare. Si chiama contare le pecore, serve per addormentarsi.» Pluffi ridacchiò. «Ma tu non sei una pecora.» Anche Quax rise. «Funziona lo stesso.» E infatti, bastarono un paio di salti, e Antonia era di nuovo bella e addormentata. E Pluffi e Quax? Loro continuarono con i salti finché non ebbero male alle zampe. Allora si accoccolarono comodi vicino all'anatroccola. Erano così stanchi che per addormentarsi di sicuro non ebbero bisogno di contare un bel niente, né pecore né rane.

Fai un bel disegno di una pecora che salta uno steccato!

Chi ha paura dello scorbutico Edelbert?

Il grosso toro Edelbert era un tipo scorbutico, pensavano l'orsetto Bono e il maialino Fips. Se ne stava in mezzo al suo pascolo vicino al grosso albero e guardava tetro davanti a sé. Nessuno osava mettere piede in quel prato. Anche Bono e Fips quel giorno preferirono girargli alla larga. «Vecchio musone» brontolò Fips.

A un tratto, Bono gridò: «Ahi!» Era salito su una tavola con un chiodo sporgente. «Vado a chiamare aiuto!» esclamò Fips e scappò via. L'orsetto si sdraiò sull'erba piangendo. «Ehi, tu» tuonò a un tratto una voce profonda alle sue spalle. Bono trasalì e si voltò: davanti a lui c'era Edelbert, che torreggiava ancora più gigantesco del solito. Di sicuro era capace di buttare giù il piccolo steccato, se solo ne aveva voglia. L'orsetto Bono batteva i denti per la paura, ma Edelbert sbuffò piano e Bono si sentì investire da un bel calduccio. Ehi, non era mica male! «Verrà subito qualcuno ad aiutarti» bofonchiò Edelbert. «Vedrai che andrà tutto bene» e porse a Bono il suo fazzoletto perché si coprisse. Tutt'a un tratto Edelbert non faceva più tutta quella paura. Anzi, Bono lo trovava addirittura molto gentile. «Lo sai, Edelbert» incominciò un po' esitante «credevo che tu ce l'avessi con tutti. Hai sempre uno sguardo così arrabbiato.» Edelbert sospirò. «No, è solo il mio aspetto. Sono grosso e robusto e sbuffo forte e ho queste stupide rughe sulla fronte, ma in realtà sono un tipo gentile.» Bono era d'accordo. E quando il maialino fu di ritorno con la donnola infermiera, per prima cosa raccontò a tutti quanto fosse simpatico Edelbert. «Ciao, e grazie tante!» gridò salutando il grosso toro con il fazzoletto. D'ora in poi non avrebbe più dovuto fare il giro per evitare il pascolo.

Guardati allo specchio e prova a fare tante facce diverse: arrabbiata, triste, allegra…

La visita delle oche

Il riccio Ferdi passeggiava tranquillo lungo il fiume con il musetto nero in alto nel vento. Era arrivato l'autunno e le foglie volavano attorno a lui. In cielo vide le oche selvatiche: si preparavano al lungo viaggio che le avrebbe portate in zone più calde.

Alcune di loro erano atterrate sul campo vicino al fiume per rifocillarsi ancora un po'. Il riccio si levò il cappello per salutarle amichevolmente e le oche gli si avvicinarono starnazzando. «Buongiorno, signor riccio» lo salutò una di loro con la fronte bianca. «Il campo è già stato mietuto: lei sa per caso dove possiamo trovare qualcosa da mangiare? Non ci farebbe male sgranocchiare qualcosa.»

Il riccio annuì gentile e rifletté. Uhm... Magari al vecchio mulino c'erano ancora dei semi? O forse... Una piccola oca schiamazzò felice. «Ah, ma vedo che qui ha delle mele. E ce ne sono moltissime. Non saranno un po' troppe per lei?»

Ferdi guardò il suo carretto. Aveva appena raccolto un mucchio di mele vicino al vecchio ponte. «D'accordo» disse infine. «Prendetevene una per una, visto che avete tanta fame.» Perbacco, le oche furono felicissime! Si presero la frutta sbattendo le ali e starnazzando. Poco dopo si erano rifocillate tutte quante e riprendevano il volo fra le nuvole. «Tante grazie!» gridarono.

«Ci vediamo l'anno prossimo!» rispose il riccio Ferdi salutandole. Poi guardò il suo carretto vuoto. «Oh, pazienza, tanto ho tempo» mormorò, quindi si voltò e se ne tornò tranquillamente al ponte. Che bello che il riccio Ferdi sia così generoso.

Prova a fare una torre con tre mele: ci riesci?
E poi potrai aiutare la tua mamma a preparare una bella marmellata.

L'agnellino Pluffi ha un sederotto peloso!

Quax e Pluffi andarono al parco giochi con la topolina Minna. Prima giocarono a prendersi per un po', poi però Minna propose di arrampicarsi. «Ehi, ma qui è tutto bagnato!» brontolò scrollandosi le gocce dalle zampe. «Certo, ha piovuto per tutta la mattina» spiegò Pluffi. «Ma a me non piace quando mi bagno tutto il pelo» brontolò Minna. «E perché?» Quax non riusciva proprio a capire: lui era un vero ranocchio d'acqua e amava tutto ciò che era umido, per forza!

«Mi viene subito freddo» spiegò Minna. Pluffi volle aiutarla. «Aspetta, asciugo le sbarre» disse l'agnellino, e con la sua morbida lana asciugò subito tutte le gocce. Adesso sì che Minna poteva arrampicarsi! Poi volle provare lo scivolo. «*Gulp*, ma là in fondo c'è una pozzanghera enorme!» brontolò la topolina. «Fa lo stesso» disse Quax. «Qualcuno ha un fazzoletto per asciugarla?» implorò Minna, ma purtroppo nessuno ne aveva uno. Il ranocchio asciugò lo scivolo con le mani. «Ma è ancora bagnato» osservò Minna. Poi Pluffi soffiò via le gocce d'acqua. «No, è ancora umido» brontolò Minna. «Ma dai!» fece il ranocchio che incominciava a essere stufo di tutte quelle lagne. «E invece sì, la vedo luccicare» insistette Minna cocciuta. Allora Pluffi salì sulla scaletta e scivolò fino in fondo con il suo sedere lanoso. Ora sì che era tutto asciutto. «Grazie!» esultò Minna. E scivolò anche lei. E poi di nuovo e ancora di nuovo. Anche i suoi amici scivolarono con lei, e nessuno trovò più niente da ridire.

Anche a te piace giocare al parco? Quale gioco ti piace di più?

Che vento dispettoso!

«Riccio Ferdi, guarda che cosa bella ha fatto Antonia» sussurrò l'orsetto Bono. Il suo amico, il riccio, si avvicinò pian piano. La piccola anatroccola dormiva tranquilla nell'erba e lì vicino, attorno a un grosso albero, aveva disegnato con i fiori una splendida chiocciola colorata.

«Che bella!» esclamò Ferdi. Purtroppo, proprio in quel momento si levò il vento, che soffiò con forza sui fiori di Antonia e li mandò tutti sottosopra, e subito dopo sparì.

«Oh, no!» gemette Bono. «Antonia ci rimarrà così male! Dobbiamo rimettere tutto a posto prima che si svegli.» L'orsetto e Ferdi impiegarono un bel po' a risistemare tutto, ma come lo aveva fatto Antonia era molto ma molto più carino.

«Che peccato, se ne accorgerà senz'altro» sospirò l'orsetto.

In quel momento l'anatroccola si svegliò. «Ehi» sbadigliò. «Ho fatto proprio una bella dormita.» Poi scorse i suoi amici. «Oh, che fortuna che siete qui. Avete visto la mia opera d'arte?» Guardando meglio, però, si accorse che la sua chiocciola aveva un aspetto diverso. «Uhm… l'avete risistemata voi?»

L'orsetto Bono annuì. «Ma solo perché un vento dispettoso aveva mandato tutto all'aria.»

Antonia però si fece una bella risata. «Non fa niente! Faccio spesso disegni o lavoretti di pietre, foglie e aghi di pino, ed è normale che con il vento o con la pioggia si rovinino. Ma pazienza, tanto io mi diverto a rifarli.»

Bono e il riccio Ferdi, stupefatti, vollero riprovarci subito con Antonia e fecero un orso intero tutto di fiori. E quando il vento lo distrusse, si misero a ballare tutti insieme.

Provaci anche tu! Fa' un bel quadretto di pietre, fiori e foglie!

Il piatto preferito di Minna

Il riccio Ferdi era seduto sotto un albero del suo giardino e infilava semi di mela in un filo quando passò di lì la topolina Minna. «Ehi, riccio Ferdi, che stai facendo?» Il riccio la salutò. «Faccio collanine di mela.» La topolina Minna si arrampicò curiosa da un buco della staccionata e ammirò le splendide e lunghe catenelle di semi. Accanto a sé, il riccio Ferdi aveva ancora parecchie centinaia di semi posati su un fazzoletto blu. «Uso queste collanine per abbellire le finestre quando viene l'autunno.» Minna saltò su di scatto, sembrava impazzita. «Tu abbellisci le finestre? No, per tutte le code di topo, non si fa!» Ferdi la guardò stupito. «E perché no?» Alla topolina tremavano i peli dei baffi, tanto era agitata. «Non li hai mai assaggiati?» Il riccio Ferdi ridacchiò. «Assaggiati? Vuoi dire che a te piace mangiare i semi delle mele?»

La topolina annuì. «Sono uno dei piatti preferiti dei topi!»

Il riccio le offrì alcuni semi, e in un battibaleno Minna li sgranocchiò tutti quanti.

Allora il riccio Ferdi le porse le altre catenelle. Riconoscente, la topolina se le mise attorno al collo grigio. «Va be'» le disse Ferdi. «Vorrà dire che quest'anno appenderò alle finestre qualche rametto di melo. O mangi anche quelli?»

La topolina Minna scoppiò a ridere. «No! E ti aiuterò ad appendere cose carine. Che cosa ne dici di stelline fatte con i piccioli di mela?»

E fu così che quell'autunno Minna e Ferdi passarono molto tempo assieme seduti sotto il vecchio albero. E chi avesse ascoltato attentamente avrebbe sentito i dentini della topolina sgranocchiare piano i semi di mela.

Fatti anche tu una bella collanina: ma usa della squisita uva passa, così poi la potrai sgranocchiare!

Uovo salvato, ranocchio un po' meno...

«Diciotto, diciannove...» Pluffi contava i salti che Quax faceva con la corda senza inciampare. «Venti!» esclamò contento l'agnellino. A quel grido così forte, per lo spavento Quax lasciò andare la corda, che volò per aria e andò ad avvolgersi attorno al ramo di un albero in mezzo al parco giochi. In quello stesso istante, dall'albero cadde qualcosa che atterrò sul folto mantello di Pluffi. «Oops!» gracchiò Quax. «E questo che cos'è?» Frugò nella morbida lana. «Oh!» esclamò poi. «Ma è un ovetto! Ti è caduto nel mantello!» «Un uovo?» si stupì Pluffi. «Là sopra deve esserci un nido» concluse Quax. Incominciò a saltare più in alto che poteva. «Speriamo che le uova non si siano rovinate» si preoccupò Pluffi. «No, no, è tutto a posto» lo rassicurò Quax tornando vicino all'agnellino. «Però devo arrampicarmi lassù: se cerco di lanciare l'uovo dentro il nido, rischio di romperlo.» Il ranocchio prese delicatamente l'uovo in una mano e si arrampicò piano fino al ramo più alto. Strisciò con cautela e depose l'uovo al suo posto dentro il nido. Poi svolse la corda e la fece cadere a terra. Era proprio sul punto di tornare giù quando al nido rientrò mamma uccellino, che svolazzò stizzita tutto attorno becchettando la testolina del povero Quax: credeva che le volesse rubare un uovo! Il ranocchio si portò le mani sulla testa per proteggersi... e cadde dall'albero. Ma Pluffi era proprio lì sotto, così finì in mezzo alla sua morbida lana. L'agnellino rise. «Uovo salvato, ranocchio un po' meno...» ridacchiò. Anche Quax sorrise. «Non fa niente» disse. «Uova e bambini vanno salvati sempre.» Prova a correre con un uovo appoggiato su un cucchiaio; se vuoi, invece di un uovo, puoi usare anche una pallina di gomma.

Ben fatto, orsetto Bono!

Fips se ne stava disteso sull'erba a prendere il sole quando al parco giochi arrivò l'orsetto Bono. «Ciao, Fips» lo salutò. «Lo sai chi viene questo pomeriggio?»

Fips alzò curioso la testa. «No, chi?» L'orsetto sorrise. «Il mio cuginetto da Porcellinia» gli disse. «Volevo sapere se vuoi venire anche tu, potremmo andare a giocare tutti insieme.»

Oh, Fips veniva molto volentieri! Si sedettero sullo scivolo e incominciarono a pensare a quali giochi sarebbero piaciuti a un orsetto tanto piccolo.

Mentre ci pensavano, Bono si guardò intorno e vide un grosso buco. «E quello chi l'ha fatto?» domandò il maialino.

Bono scosse il capo tutto agitato. «Qualcuno potrebbe caderci dentro, è pericoloso! Bisogna coprirlo, oppure chiuderlo. Oppure… ci sono!»

Corse al vecchio carretto rotto che da qualche giorno giaceva abbandonato in un angolo del parco giochi. In men che non si dica, schiodò i lati e sistemò le assi attorno al buco, fissandole per bene. Adesso nessuno rischiava più di cadere.

«Una transenna di protezione» esclamò Fips ammirato. «Bravissimo, Bono!» Anche l'orsetto trovava di avere avuto una bella idea. Si guardò un'altra volta intorno nel parco giochi, ma tutto il resto era a posto. Ora il suo cuginetto poteva venire.

E tu, hai mai visto un cantiere stradale? Che cosa c'era di bello?

Su su in alto nel cielo!

Il riccio Ferdi aveva scoperto un grosso ramo in un vecchio albero del suo giardino che non aveva mai notato prima. «Bisognerebbe proprio farne qualcosa» mormorò pensieroso mangiucchiando una bella mela rossa.

Con lui c'era il corvo Munnin, un tipo sempre un po' sfortunato, che gli chiese: «E che cosa? Legna per il camino?»

Il riccio Ferdi scosse la testa. «No, non voglio tagliare il ramo, ma... A te piace andare sull'altalena, Munnin?»

Munnin sbatté entusiasta le ali. «L'altalena? Sì, da morire! Andiamo al parco giochi?»

Il riccio rise. «No, voglio appendere un'altalena al ramo.» Munnin corse alla rimessa con il suo amico e prese una tavola e due corde.

Tornati fuori, il riccio Ferdi disse: «Caro corvo, prendi la corda, vola lassù sul ramo e appendicela, va bene?»

Munnin annuì. Volò lassù... ma aveva dimenticato la corda. Perciò tornò a terra, prese la corda nel becco e ripartì... e andò a sbattere con la testa contro un ramo. Riprovò. Svolazzò... e si impigliò con le ali nei folti rami del melo.

Ferdi lo guardò preoccupato. «Va tutto bene, Munnin?» Il povero corvo gracchiò brevemente per non perdere la corda. E finalmente ce la fece!

«Bravo!» esclamò il riccio Ferdi. In quattro e quattr'otto, Munnin avvolse al ramo anche la seconda corda, rimediando solo un bernoccolo piccolo piccolo e una piuma piegata. Il riccio annodò la corda alla tavola.

«E adesso, mio caro corvo Munnin, a te l'onore del primo giro» disse il riccio Ferdi. Uh, Munnin era davvero felice! E il riccio Ferdi lo spinse... su su in alto nel cielo!

Puoi andare sull'altalena anche dentro casa, basta che papà e mamma si tengano per mano: sieditici sopra e... si parte!

Anche i maialini pattinano sul ghiaccio!

Finalmente! Il fiume era ghiacciato. Quax era felice: danzava e correva e scivolava sul ghiaccio. Piroettava su se stesso, andava all'indietro e su una zampa sola. Fips, seduto sulla riva, applaudiva. Quando Quax fece una giravolta particolarmente veloce, improvvisamente vide il suo amico in piedi. Si fermò spaventato. «Fips, ma che fai?» domandò il ranocchio. «Voglio venire anch'io sul ghiaccio» spiegò il maialino. «No!» gridò Quax. Troppo tardi. Il maialino era già in mezzo al fiume. Quax trattenne il fiato, ma no, il ghiaccio non si era rotto! Tirò un sospiro di sollievo. Poi guardò l'amico: quella era la prima volta che Fips pattinava, ma era fantastico! Il maialino fluttuava sul fiume. Alzò una zampa, volteggiò e poi lanciò un fazzoletto per aria. «Ma da chi hai imparato?» gli chiese Quax. «Da te» rispose Fips. «Guardandoti. Facciamo un balletto.» Fips sollevò Quax a mezz'aria, poi il ranocchio passò fra le gambe del maialino. Alla fine ruotarono insieme un centinaio di volte, finché non si fermarono. E furono travolti da un applauso scrosciante. Stupiti, i due alzarono gli occhi: non si erano accorti di avere un pubblico. Sulla riva sedevano molti animali: «Bravi! Bis!» Sorridendo, Fips e Quax fecero un bell'inchino. Adesso sul fiume c'erano due pattinatori!

Puoi pattinare anche senza ghiaccio: ruota in cerchio e balla per tutta la stanza! Bravissimo!

Un posticino comodo per il riccio Ferdi

L'orsetto Bono se ne stava coricato sulla schiena a guardare le nuvole. «Guarda, Antonia, quella sembra un riccio» bramì. Antonia teneva la testa appoggiata sulla morbida pancia dell'orsetto. «Oh, sì, ci sono anche le spine!» ridacchiò lei. «E pungono!» disse a un tratto qualcuno accanto a loro. Bono si voltò a guardare. «Salve, riccio Ferdi, sono contento che sei venuto al parco giochi anche tu. Guardiamo le nuvole e ne indoviniamo la forma. Vuoi giocare con noi?» Il riccio Ferdi borbottò piano fra sé. «Che ti succede?» gli chiese Antonia. «Con queste spine non posso coricarmi sulla schiena» spiegò Ferdi. «Oh!» L'orsetto non ci aveva pensato. «Forse potresti coricarti sulla mia pancia... oh, no, così mi pungi» gridò Bono. E nemmeno poteva prendere il riccio Ferdi in mano. L'anatroccola intanto, aspettando che gli altri due trovassero una soluzione, si era scavata un buco nella sabbia. Ci stava proprio comoda. Stava per nascondere la testa sotto le piume per farsi un bel pisolino quando Bono esclamò allegro: «Ottima idea, Antonia!» E prima che l'anatroccola avesse il tempo di accorgersene, si sentì sollevare per aria e posare sull'erba. «Ehi, ma quello era il mio posto!» brontolò. Poi però capì perché Bono avesse bisogno del suo buco: l'orsetto prese saldamente il riccio Ferdi per le mani e lo posò piano piano con la schiena nel buco. Adesso non rotolava più di lato. «Fantastico!» esclamò il riccio Ferdi. «E adesso guardate un po' che figura hanno appena disegnato le nuvole: un cuore! È il mio grazie per te, Antonia!» La piccola anatroccola sorrise. Era molto più bello di un giaciglio comodo! Prova anche tu a guardare le nuvole: che forme ti pare di riconoscere?

Come si acchiappa un ladro di mele?

«Un ladro!» bisbigliavano gli animali del cortile. «Un ladro di mele! Ci serve qualcuno molto coraggioso per catturarlo!» Fips si piazzò subito in mezzo all'aia. «Ci penso io!» Il contadino si era lamentato: ogni notte qualcuno gli rubava le mele dall'albero. E non una mela o due, no: tantissime! Il contadino era proprio arrabbiato, quelle erano le sue mele preferite! Gli animali decisero dunque di intervenire. Il contadino faceva sempre tante cose per loro, per una volta volevano essere loro ad aiutare lui. Fips non aveva mica paura. Non delle mele e neppure dei ladri. E aveva anche già un'idea di come acchiappare quel furfante. Quel pomeriggio si procurò una lunga corda nella rimessa. Poi piantò quattro paletti per terra intorno all'albero e tese la corda tutto in giro. Gli altri animali lo osservarono curiosi. Per finire, la mucca Gloria gli prestò il suo campanaccio, che Fips attaccò alla corda. Il maialino guardò la sua invenzione tutto soddisfatto. «Se di notte il ladro vuole raggiungere l'albero al buio, inciamperà e il campanaccio suonerà, così si metterà a urlare e noi scopriremo chi è.» Gli altri animali si convinsero all'istante. Al tramonto andarono tutti a dormire. Tutti tranne Fips. Il maialino si nascose per bene dietro il recipiente dell'acqua piovana: da lì poteva tenere d'occhio l'albero. E siccome era ben nascosto, il ladro non lo avrebbe certamente notato. Però più la notte avanzava, più il maialino si sentiva stanco, tanto che finì con l'addormentarsi. Nel cuore della notte si svegliarono tutti: il campanaccio suonava e qualcuno strillava! Subito tutti gli animali fecero un gran baccano: schiamazzi, grida, muggiti, belati e stridi. Tutti corsero di qua e di là per l'aia finché non arrivarono al frutteto. Che pandemonio! «Dov'è il ladro?» starnazzano le galline tutte agitate. Il ladro? Era là, davanti all'albero, e si sfregava la testa senza capire. La mucca Gloria lo guardò stupita. «Fips? Il ladro sei tu?»

Fips sbadigliò. Allora Gloria scoppiò in una bella risata. «*Muu*, ma tu sei sonnambulo!» gli spiegò. «Te ne vai in giro mentre dormi. A qualcuno succede. E le mele te le sei mangiate tu. Non c'è da stupirsi, i maialini hanno sempre fame, anche di notte!» Tutti quanti scoppiarono a ridere, anche Fips. «E adesso?» chiese poi il maialino. «Che cosa posso fare per non mangiare più le mele?» La mucca muggì per tranquillizzarlo. «Ci penso io» borbottò. «Di notte mi metterò a dormire davanti alla porta della stalla, così tu non potrai più uscire.» Era un'ottima idea. E fu così che quando di notte Fips si metteva a girare nel sonno, non poteva andare oltre la porta, perché lì c'era Gloria. Allora il maialino sonnambulo si buttava di nuovo per terra e si accoccolava contro la grossa e calda mucca. Il contadino si stupì dei nuovi giacigli dei suoi animali. E si stupì anche nel vedere che le sue mele non sparivano più, anche se di questo era contento. E dato che era così contento, ogni tanto nelle ciotole dei suoi animali aggiungeva qualcosa di buono. Anche in quella di Fips. Ma lui lo dava subito a Gloria per ringraziarla. E da allora, le mele le mangiava solo di giorno. E tu, come svegli papà e mamma? Gridi anche tu "*Chicchirichì*" forte forte?

Il tesoro scomparso

«Vieni, ti mostro un segreto» sussurrò Quax. Fips corse subito da lui. «Che c'è?» domandò curioso. Il ranocchio aveva infilato una zampa in un buco sotto la radice di un albero. «Qui... no, qui?... no, oh... non c'è più!» balbettò inorridito. «Non c'è più? Ma che cosa?» volle sapere Fips. «Il mio tesoro!» Tutto agitato, il ranocchio frugava nell'erba, dietro l'albero e sotto le altre radici. «Quattro monete di cioccolato, avvolte in un fazzoletto!» Fips cercò di consolarlo. «Vedrai che le ritroveremo» gli promise. E con il suo finissimo naso da maialino, partì alla ricerca. «Di qui» borbottò Fips fiutando in giro per il prato. Quax gli saltellava dietro. Il maialino avanzò di un altro paio di metri e si fermò davanti a un paio di zoccoli. «Gloria» gridò Fips. «Hai mangiato tu le mie monete di cioccolato?» Gloria ruminava tranquilla due ranuncoli. «Monete di cioccolato? No, oggi ho mangiato solo erba. E fiori. E un pezzo di buccia di banana che ho trovato sulla strada. E mezza stringa.» Ci rimuginò un po' su. «Ah, sì, anche un fazzoletto, ma era troppo grosso e l'ho sputato subito. Laggiù!»

Quax balzò sul dorso di Fips, che subito si mise a correre verso il cespuglio indicato da Gloria con la testa. «Sì, eccole qui, che fortuna!» esclamò Quax tutto contento. Poi disse a Gloria: «Non devi mica mangiare sempre tutto quello che trovi, un giorno o l'altro ti verrà un bel mal di pancia!»

Ma a Gloria non importava, lei continuò a ruminare.

«E adesso?» chiese il maialino affamato. «Adesso facciamo a metà» rispose Quax, e si mangiarono due monete di cioccolato per uno. Senza carta, naturalmente, in fondo loro non mangiavano mica di tutto come la loro amica mucca!

E il tuo tesoro più grande che cos'è?
Pensa bene a un bel nascondiglio!

Un invito in bottiglia

Il riccio Ferdi portava le bottiglie vuote nel contenitore del vetro. Era una cosa divertente: facevano un tintinnio così buffo quando rotolavano sul suo carretto! Per strada incontrò l'orsetto Bono, che se ne stava disteso sulla riva del fiume e si annoiava. «Oh, ma quante belle bottiglie» disse ammirato quando vide passare il riccio. «Sì, sono proprio tante, è un peccato buttarle via» disse Ferdi. «Però serviranno a fabbricarne di nuove.» L'orsetto si avvicinò. «Guarda, questa qui ha perfino il tappo» disse. Il riccio Ferdi si chinò per guardare. «Ah, sì, questa era di un olio di semi di girasole veramente delizioso. Era proprio buono.» L'orsetto Bono mormorò piano: «Uhm… e se per caso noi… cioè… ce l'hai un foglio, riccio Ferdi?» Ferdi non capiva. «Vuoi una foglia? Qui di foglie ce ne sono un mucchio, appese ai rami. Prendi quella che vuoi.» L'orsetto Bono rise. «No, voglio dire un foglio di carta. E anche una penna. Non è che ne hai una con te?» Sì, il riccio ne aveva giusto una, e gliela porse insieme a un foglio. L'orsetto scrisse un paio di righe, arrotolò il foglio e lo infilò nella bottiglia, poi la richiuse con il tappo. «Ehilà, posta in bottiglia!» urlò, e la lanciò nel fiume. «Un messaggio in bottiglia?» Finalmente il riccio Ferdi comprese. «E che cos'hai scritto?» L'orsetto Bono sorrise. «Un bel saluto e un invito a chi lo leggerà a venirci a trovare.» "Che bella idea" pensò Ferdi. E anche lui scrisse un biglietto, ma non lo gettò nel fiume: lo mise di nascosto nella cassetta delle lettere del suo amico Bono. Era un invito per un tè a casa sua. Chissà come sarebbe stato contento Bono!

Scrivi anche tu un messaggio in bottiglia e lascialo fuori dalla porta di qualcuno!

Un regalo splendido

Fips era al parco giochi sotto il grosso melo e guardava in su. Tra le zampe teneva un fazzoletto teso. Di tanto in tanto lo spostava un po' a sinistra, poi un po' a destra. La topolina Minna, che arrivava passettin passettino, si stupì. «Che cosa stai facendo?» gli domandò curiosa.

Fips continuava a guardare in su. «Voglio prendere una mela» spiegò. Adesso anche Minna guardò in su.

«Ma come fai a sapere quale sarà la prossima mela a cadere?»

Il maialino ridacchiò. «Non lo so mica, è qui che sta il bello. Finora ne sono già cadute due, una sull'erba e un'altra ai miei piedi, e me le sono mangiate, ma vedrai che la prossima l'acchiappo.»

La topolina Minna si arrampicò su per il tronco nodoso. «Aspetta, ti aiuto io» gli disse tutta zelante. Poi incominciò a scuotere i rami. Pestò contro una mela anche con il piedino, cercò perfino di staccarla dal ramo rosicchiando il picciolo. «Non funziona» gridò.

Fips sorrise. «No, bisogna aspettare finché non è matura» spiegò. «E a quel punto ti vedi cadere fra le braccia uno splendido regalo rosso.»

Minna saltava su e giù sul ramo. «Sei davvero intelligente» disse. «Però devo riuscirci… ah!» Minna perse l'equilibrio e cadde… proprio nel fazzoletto di Fips. Il maialino scoppiò in una risata.

«Ecco, vedi» strillò tutto contento. «Non sei rossa, però sei lo stesso un regalo splendido!» Minna gli si arrampicò sulla spalla e gli stampò un bel bacione.

Poi nel fazzoletto di Fips cadde davvero anche una mela, e se la mangiarono insieme.

Butta per aria una palla, in alto in alto: riesci ad acchiapparla prima che finisca per terra?

Son tutti belli i maiali del mondo

«Son tutti belli i maiali del mondo, son tutti belli i maiali...» canticchiava Fips in piedi sul suo carretto con la stanga davanti alla bocca come un microfono. Quax si avvicinò saltelloni e sorrise. Fips cantava davvero bene! Il ranocchio rimase ad ascoltare per un po', poi saltellò davanti al carretto. «... Hanno un pancino bello rotondo!» stava urlando a squarciagola Fips quando a un tratto scorse Quax e smise di cantare all'istante. «Ah, sei tu» mormorò. Il ranocchio applaudì entusiasta. «Ma come canti bene!» si congratulò con Fips. Il maialino girò imbarazzato la testa da una parte. «No, non proprio.» «Ma sì, dico davvero!» insistette Quax. «Devi assolutamente venire questa sera al concerto di rane sul fiume e cantare con noi. Ti prego!» Ma Fips non si fidava: non credeva di cantare bene. Quax però insistette così tanto che alla fine acconsentì.

Quella sera, le altre ranocchie si stupirono nel vedere che Quax aveva portato con sé anche un maiale. «Uno spettatore?» chiese il direttore d'orchestra.

«No, lui canta con noi» rispose Quax spingendo Fips in avanti. Le altre rane lo guardarono con una certa diffidenza, ma quando Fips incominciò a cantare, a qualcuna di loro si fermò lo schiamazzo in gola: che bella voce aveva il maialino! Adesso anche loro si sforzarono tutte di cantare altrettanto bene. E naturalmente, da quel giorno Fips entrò a far parte del famoso coro di rane, cioè, no, adesso deve chiamarsi il coro di rane più un maiale.

E tu, la conosci una canzone su un maiale? O magari su una rana? Fammela sentire!

Pluffi è un mostro bricioloso

«Ho dei biscotti!» esclamò Pluffi tutto contento. Andò saltelloni a casa di Bono facendo svolazzare per aria un fazzoletto. Bono suonava il flauto seduto sul ramo più basso di un albero.

«Oh, devono essere davvero buoni!» disse. L'agnellino si sedette per terra davanti a lui e svolse il fagottino.

«Oh, per mamma pecorella, che peccato!» gemette. «I biscotti si sono rotti tutti. Restano solo le briciole.»

L'orsetto scese dall'albero e gli posò una zampa sulla testa per consolarlo. «Mi dispiace tanto» gli disse. «Però anche le briciole sono buone.» Ci ficcò in mezzo un dito e poi se lo succhiò con gusto.

A Pluffi, però, non sembrava mica tanto una buona idea. «Ecco, così poi avrò tutta la lana di nuovo piena di briciole» brontolò, perché bisogna sapere che Pluffi era un agnellino molto pulito. L'orsetto Bono tornò sull'albero e quando scese di nuovo, aveva con sé due mele. Cercò il suo coltellino e le tagliò a spicchi.

«Preferivo i biscotti» sospirò Pluffi.

«E li avrai» esclamò Bono. Premette i pezzi di mela nelle briciole e poi li mangiò di gusto. «Buonissimi!»

Pluffi era senza parole: doveva provarci subito anche lui! Ficcò uno spicchio di mela nelle briciole. «Ottime!» E così finirono tutti i biscotti. Ci volle un pochettino, ma quando ci sono dei dolciumi così buoni non ha importanza!

Prova anche tu a fare le mele briciolose: sono buonissime!

Antonia è davvero coraggiosa!

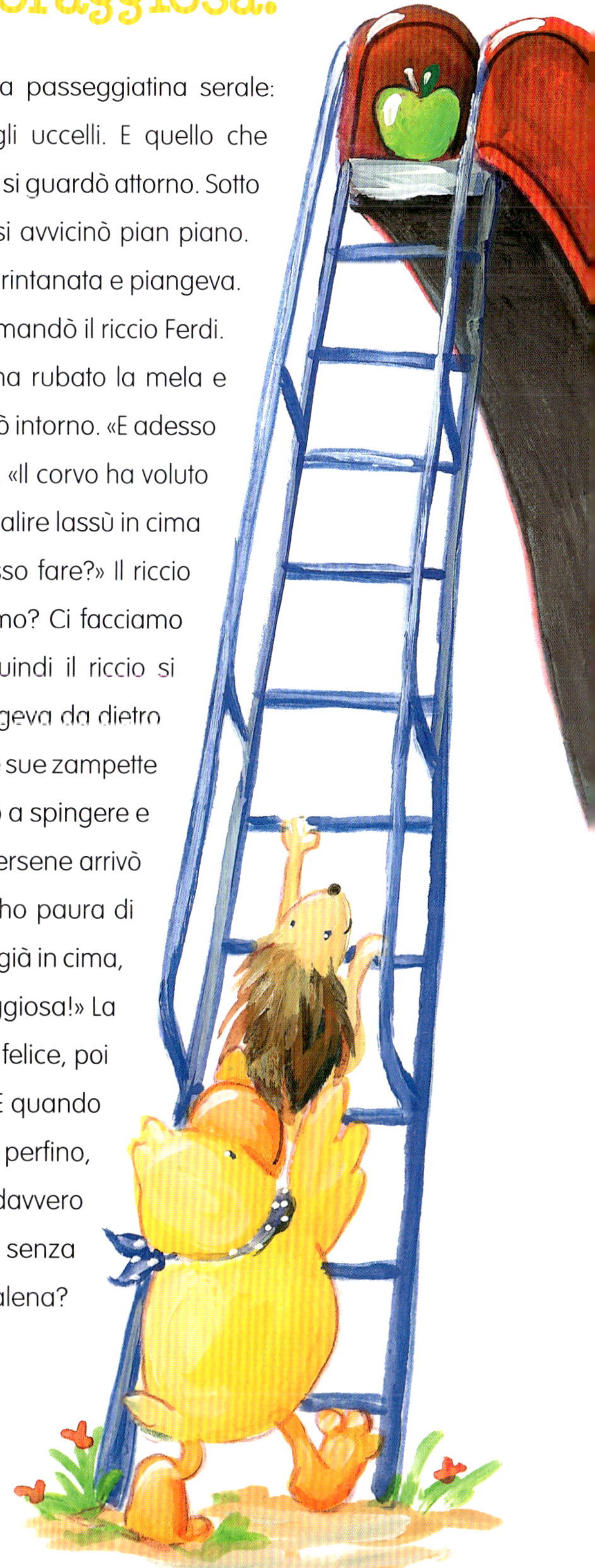

Il riccio Ferdi se ne andava tranquillo a fare la sua passeggiatina serale: camminava nel prato e ascoltava il cinguettio degli uccelli. E quello che cos'era? C'era qualcuno che piangeva! Il piccolo riccio si guardò attorno. Sotto lo scivolo luccicava qualcosa di giallo. Il riccio Ferdi si avvicinò pian piano. «Antonia!» esclamò stupito. L'anatroccola se ne stava rintanata e piangeva. «Ma che cosa ci fai tutta sola nel parco giochi?» le domandò il riccio Ferdi.

Antonia singhiozzò: «Quel… brutto corvaccio mi ha rubato la mela e non riesco più a riprendermela.» Il riccio Ferdi si guardò intorno. «E adesso dov'è?» le chiese. «Lassù!» e Antonia indicò lo scivolo. «Il corvo ha voluto farmi uno scherzo» gemette Antonia. «Io ho paura di salire lassù in cima tutta da sola, è così terribilmente alto! Che cosa posso fare?» Il riccio Ferdi ci pensò su, poi le disse: «Sai che cosa facciamo? Ci facciamo coraggio, insieme ci riusciremo di sicuro, vieni!» Quindi il riccio si arrampicò su per la scaletta, con Antonia che lo spingeva da dietro «Spingi più forte!» le gridava il riccio Ferdi, perché con le sue zampette da riccio non riusciva mica a tenersi. Antonia continuò a spingere e a sbuffare più che poteva, e senza nemmeno accorgersene arrivò con il piccolo riccio fin su in cima allo scivolo. «Però ho paura di salire fino in cima!» disse. Il riccio Ferdi sorrise. «Ma sei già in cima, perciò vuol dire che non hai paura. Sei davvero coraggiosa!» La piccola anatroccola, raggiante, si mise a starnazzare felice, poi afferrò la mela e con un «*Quak!*» di gioia scivolò giù. E quando anche il riccio Ferdi fu scivolato di sotto, lo acchiappò perfino, anche se le spine pungevano proprio. Sì, Antonia è davvero coraggiosa! E tu, che cos'hai già imparato a fare senza paura? A scivolare giù da uno scivolo alto? A fare l'altalena? Oppure ad arrampicarti da qualche parte?

Quax inventa una cosa per il riccio Ferdi

Quax voleva fare un giro in barca con Ferdi, perciò il piccolo riccio aveva preparato un cesto da picnic e lo aveva portato al fiume con il suo carretto. Là trovò Quax ad aspettarlo. Accanto a lui c'era un grosso barattolo di pittura. «E che cosa vuoi fare con la vernice nera?» chiese il riccio Ferdi stupito. Ma Quax non rispose, tolse il cestino dal carretto e incominciò a pitturare le ruote. Distribuì la vernice dappertutto, soprattutto nelle fessure. «Ma perché lo dipingi di nero?» chiese il riccio perplesso. «Questa non è pittura normale» spiegò Quax. «Serve per impermeabilizzare il tuo carretto.» Il riccio Ferdi ancora non capiva che cosa gli stesse dicendo il ranocchio. «Ora dobbiamo aspettare» annunciò Quax.

Ottimo, Ferdi era bravissimo ad aspettare. Dopo un po', la vernice si era asciugata, allora Quax disse a Ferdi: «Salta dentro!» Quando il cestino da picnic e Ferdi furono nel carretto, Quax lo spinse nel fiume. «Hai trasformato il mio carretto in una barca!» esclamò Ferdi tutto contento. Il ranocchio rise. «Una barca-carretto: nell'acqua nuota e fuori rotola. Bello, no?» Ed era proprio bello davvero.

Viaggiarono in acqua per un po', poi spinsero il carretto verso la riva e lo tirarono in secca. Quindi fecero una pausa. Quando ebbero spazzolato quasi tutto il contenuto del cesto da picnic, rimisero il carretto in acqua e tornarono indietro. Una volta a casa, il riccio Ferdi disse: «Ti ringrazio, Quax, è stata una gita fantastica. Lo rifacciamo presto? Ora ho una barca!»

Quax ne fu contento. «Ma certo! E la prossima volta, il cestino da picnic lo porto io!»

Fai una barchetta di carta e mettila in acqua!

Gomitoli nei barattoli

Fips si rotolava nel fango vicino al porcile quando l'orsetto Bono passò di lì con un carretto pieno di barattoli di latta. Tintinnavano e sferragliavano tutti in un allegro concerto! «Che stai facendo?» domandò Fips curioso. Bono rise. «Li ho raccolti. Ci si possono fare tanti giochi divertenti o costruirci qualcosa di bello. Ho pensato che oggi fosse il giorno adatto: vuoi aiutarmi?» Ma certo che sì! Per prima cosa presero un grosso barattolo, lo schiacciarono e ci giocarono a palla. «Gol!» urlò Fips quando il barattolo passò a un pelo di distanza dall'albero. L'orsetto scoppiò a ridere. Corse al carretto e incominciò a costruire un'altissima torre di barattoli. Quindi Fips prese la rincorsa e ci andò incontro. «All'attacco!» urlò tutto contento e abbatté la torre. Poi pitturarono sui barattoli allegri porcellini e zucche. A un certo punto Fips scivolò sul suo sederotto. «Non ce la faccio più!» esclamò senza fiato. «I barattoli saranno anche divertenti, ma adesso ho proprio bisogno di una pausa.» L'orsetto Bono si sedette al suo fianco e prese dalla borsa due cucchiai e due barattoli. «No!» strillò Fips. «Non ho più voglia di giocare, ora si mangia!» L'orsetto rise. «Sì, un po' di pazienza!» Perché i barattoli erano ancora chiusi. L'orsetto Bono li aprì: c'erano mais e pane.

«Pane in barattolo? Ma è orribile!» brontolò Fips, però poi spazzolò tutto fino all'ultima briciola. «Ormai si mette tutto nei barattoli, perfino i gomitoli.» E scoppiarono a ridere forte tutti e due. Che sciocchezza! Fips non avrebbe mai mangiato un gomitolo!

Prova anche tu a giocare con i barattoli: vedrai che divertente!

Munnin è un corvo sfortunato… o no?

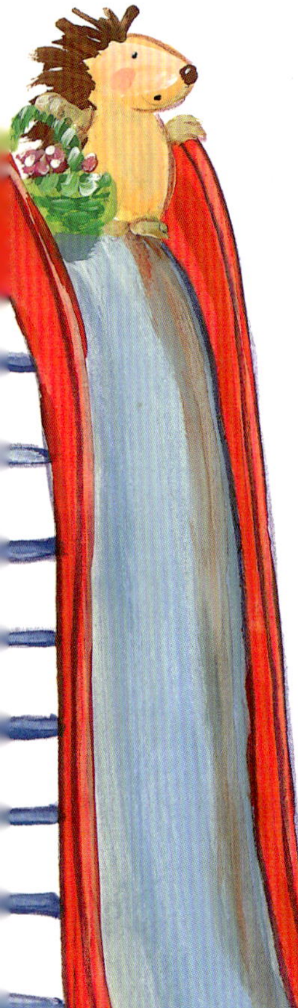

Il riccio Ferdi giocava al parco con il corvo Munnin: buttava bacche dallo scivolo e Munnin doveva acchiapparle al volo. «Sì, bravissimo!» gridava il riccio Ferdi ogni volta che ci riusciva, e: «Non fa niente, riproviamo!» quando invece non ce la faceva. Poi il corvo prese le bacche da terra. «Uff!» brontolò. «Ora ho il becco sporco di sabbia.» A un certo punto però non disse più niente. «Che ti succede?» gli chiese il piccolo riccio. Il corvo non era mai stato così silenzioso. «Ho trovato qualche *cofa*» biascicò Munnin. Dal becco gli penzolava l'estremità di una corda. «Una corda» disse il riccio Ferdi. «Tira!» Munnin tirò e la corda che usciva dalla sabbia diventò sempre più lunga. Adesso si mise ad aiutarlo anche Ferdi. «Di sicuro c'è un tesoro» si rallegrò il corvo Munnin. Diede un bello strattone e… *puf!* cadde sul sedere. «Ahi!» gridò. All'altro capo della corda era attaccato un pattino. «Che sfortuna!» gridò Munnin. «Uno stupidissimo pattino! Sono sempre scalognato.» Ma il riccio pulì il pattino e lo portò in strada. «Infilatici dentro e tieniti forte!» gli disse. Munnin si arrampicò nel pattino e il riccio Ferdi incominciò a tirarlo. Il pattino con il piccolo corvo correva e correva sulla strada e poi sul prato finché non si ribaltò. «Che divertente. E l'ho trovato io!» esclamò Munnin orgoglioso. Poi si voltò verso Ferdi: «Se vuoi posso metterci dentro una mela per te.» Il riccio era d'accordo, così riportarono il pattino sulla strada e il riccio riprese a spingere il corvo. E poi di nuovo e di nuovo. Perché ora Munnin non voleva più giocare a nient'altro! E tu, sai andare sui pattini? E che cos'altro ti piace fare?

Qualche volta c'è bisogno di saltare

La cosa che a Pluffi piaceva più di tutte era leggere un libro in riva al fiume sotto il sole. Aveva steso un grosso fazzolettone su cui poteva coricarsi con il ranocchio Quax. Quax però non aveva mica voglia di stare fermo. «Io devo saltellare di qua e di là!» disse. «Ho proprio bisogno di saltare.» Il piccolo agnellino si mise a ridere. «Lo so, tu non sai fare altro. Io però vorrei riposarmi un po'. Vuoi che ti legga qualcosa?» Ah, be', in questo caso Quax corse a stendersi sull'asciugamano vicino a lui. Pluffi lesse un'emozionante storia di pirati e Quax rimase ad ascoltare mentre il sole splendeva e scaldava la pancia del piccolo ranocchio. Come stavano bene! Però c'era qualcosa che gli pungeva la schiena. Si voltò su un fianco, e anche Pluffi si girò. «C'è qualcosa che sporge lì sotto» disse. «Sì» gracidò Quax. «E che fastidio!» Si alzarono e spostarono il fazzoletto per controllare. Che cosa c'era? Una montagnola di terra che si stava alzando. E nel bel mezzo spuntò un curioso musetto rosa! «Bertram!» rise Quax. «Devi avere sbagliato strada, rischi di finire in acqua!» Il talpone aspirò col naso. «Oh, non facevo attenzione. Ma dove avevo messo il mio naso?» Pluffi ridacchiò. «Be', ce l'hai davanti! Fai dietrofront. O vuoi ascoltare anche tu la mia storia?» Ma certo che Bertram voleva sentirla! E fu così che Pluffi e Quax risistemarono il loro fazzolettone e lì vicino c'era un mucchietto di terra da cui sbucava un musetto curioso. Pluffi riprese a leggere. E finita la storia, saltellarono attorno. Tutti e tre: perché qualche volta c'è bisogno di saltare! Certo anche tu hai ascoltato con attenzione. Ora vuoi saltellare? Salta tutto attorno nella tua cameretta!

Gloria sogna

L'orsetto Bono correva a più non posso verso il pascolo di Gloria. La mucca muggiva così forte che doveva esserle successo qualcosa! Arrivò da lei quasi senza fiato. Gloria era nel suo pascolo e sembrava che stesse bene, però attorno al collo aveva avvolta una corda che dall'altra parte era legata all'albero. «Gloria, ma che succede?» ansimò Bono.

«Questa stupida corda» brontolò Gloria. «Ti prego, scioglila!»

Bono sciolse i nodi. «Era per questo che muggivi tanto?»

Gloria annuì. Poi chinò il capo e riprese a ruminare tranquilla. «Mi hai spaventato da morire» brontolò Bono. Ora arrivò di corsa anche Pluffi. «Che cosa c'è? Vi serve aiuto?» L'orsetto scosse il capo. «Il recinto davanti, quello sulla strada, è rotto» spiegò Bono all'agnellino. «Credo che il contadino abbia legato Gloria perché non scappasse e non si perdesse.» Non aveva quasi fatto in tempo a finire la frase che già Gloria era per strada e si guardava intorno con aria smarrita. Bono e Pluffi la raggiunsero subito di corsa. «Non devi scappare così, Gloria» le dissero preoccupati. Gloria sorrise e sbatté le lunghe ciglia.

«Oh, vi prego, venite a fare una passeggiata con me. Io vedo sempre soltanto questo prato e la stalla, mi annoio così tanto!» Bono e Pluffi si scambiarono un'occhiata.

«D'accordo» disse Bono. «Ti faremo vedere tutto!»

Fu la gita più divertente che la mucca avesse mai fatto! Bono e Pluffi le mostrarono prima di tutto il parco giochi, e subito lei volle andare sull'altalena. Scavalcò il sedile con le lunghe zampe anteriori e dondolò sulla pancia. Ma... *ops!* Gloria era così pesante che l'altalena gemeva forte sotto di lei. Poi Bono e Pluffi accompagnarono la mucca dal riccio Ferdi. Gloria era così curiosa che calpestò la staccionata ed entrò nel giardino di Ferdi distruggendo tutto il suo orto! Stava addirittura per strappare delle gustosissime carote dalla terra, ma i suoi amici la trascinarono in

fretta dal ponte sul fiume. Là Gloria volle a tutti i costi provare a stare in equilibrio sulla ringhiera, e ovviamente fece un bel tuffo in acqua. E quando l'orsetto e l'agnello l'aiutarono a uscire, lei si fece una bella risata.

«Ora credo di sapere perché devi rimanere sempre nel tuo pascolo» brontolò Bono. «Sei davvero una mucca scalmanata!» rise Pluffi.

«Sì, sei più scalmanata di un centinaio di pulci!» Gloria si scrollò l'acqua dal mantello. «Certo che mi agito, visto che fino adesso sono stata ferma tutto il tempo. Mi pare logico!»

Bono e Pluffi annuirono: capivano benissimo. Gloria era raggiante. «Grazie mille, a tutti e due. È stata la gita più bella che abbia mai fatto» disse felice. E quindi se ne tornò al suo pascolo senza più agitarsi. L'orsetto e l'agnellino l'accompagnarono e insieme cantarono la canzone della mucca bighellona. In breve furono di nuovo al prato e Gloria aiutò Bono e Pluffi a legare una corda al buco nel recinto.

«Altrimenti per distrazione mentre pascolo rischio di finire per la strada» disse facendo l'occhiolino. Bono sorrise. «Sì, be', per distrazione… o con intenzione?»

Gloria annuì. «Certo, potrebbe succedere anche di proposito» rispose. E scoppiarono a ridere tutti e tre. Bono e Pluffi promisero di tornare presto per fare un'altra gita con lei. Perché quella con Gloria era stata proprio una giornata divertente!

E tu, hai mai fatto una gita? Dove? Racconta!

Il riccio Ferdi scopre una giostra

Il riccio Ferdi si tirava dietro tutto contento il suo carretto. Stava tornando a casa e sul ciglio della strada aveva trovato due buonissime mele, e poi una pera e quattro nocciole.

Il piccolo riccio era molto soddisfatto di sé. Ma… ehi, che cos'era quello? Ferdi guardò il parco giochi: c'era un gioco nuovo! Curioso, si avvicinò pian piano. Era un grossissimo disco di legno messo un po' storto. Il riccio Ferdi gli diede un colpetto: Ah ah! Lo si poteva far ruotare. Forse era una specie di giostra? Ci posò sopra una mela e spinse un'altra volta il disco, e la mela girò con lui. Prima lentamente, poi però il riccio fece girare il disco sempre più veloce finché la mela – *ops!* – rotolò giù. Ferdi scoppiò a ridere, Di sicuro su quella ruota si sarebbe potuto riposare e guardare le nuvole in cielo. E così ci si arrampicò su. Ma ora? Più saliva e più il disco girava in fretta! Al riccio Ferdi girava la testa e voleva scendere, ma come fare? Il disco non voleva saperne di fermarsi! Poi però gli tornò in mente la mela: era rotolata giù perché era rotonda. Ottimo, anche Ferdi poteva diventare rotondo. Si rannicchiò tutto finché non sembrò una palla di spine. E in effetti, incominciò a rotolare e rotolare finché non cadde giù dal disco sulla morbida sabbia. «Bel colpo» rise il riccio Ferdi. Poi corse a casa per riposarsi un po' sul divano. Per fortuna quello non girava mai!

Allarga le braccia e ruota un paio di volte attorno a te finché non senti girare la testa!

Il porcellino di mare

Quando Quax arrivò al fiume, nell'acqua vide un sasso di colore rosa. Ah, no, non era un sasso, era Fips! Il maialino nuotava con la testa sott'acqua. Quax lo raggiunse saltelloni. «Ciao, Fips!» gli gridò. «Ti eserciti a fare il sub?» Il maialino scosse il capo con tanta forza che fece tremare le orecchie. Poi tornò a riva tenendosi a una corda: ne aveva annodato un capo attorno a una zampa e l'altro capo a una radice. Sbuffò. «Mia nonna mi ha detto che mio zio è un porcellino di mare, perciò mi esercito perché un giorno voglio andarlo a trovare.» Il ranocchio rise. «Sei gentile a volerlo andare a trovare, ma perché ti eserciti a fare il sub?» Fips lo guardò stupito. «Be', perché di sicuro un porcellino di mare vivrà in acqua.» Il ranocchio scosse il capo. «No, un porcellino di mare è una cavia, un animaletto che vive sulla terraferma. Assomiglia al criceto.» Fips lo guardò pensieroso. «Intendi dire come il criceto Herbert, quello che sta là dietro nel prato?» chiese poi. Ma era proprio vero? Quax annuì. «Esatto. Però tu continua a esercitarti, così fra poco potremmo fare a gara» gli disse. A Fips quell'idea piacque e subito tornò a immergersi. Perché si sa, i ranocchi sono bravissimi sub, e se il maialino voleva vincere contro Quax, doveva esercitarsi un sacco… E tu, sei già capace di andare sott'acqua? Puoi esercitarti nella vasca da bagno, ma naturalmente senza schiuma, e solo se ci sono anche mamma e papà!

Bono, il pasticcione con la pancia piena

A casa dell'orsetto era tempo di pulizie di Pasqua. È così che si dice quando si pulisce a fondo la casa. Certo, si fa molto meglio se c'è qualche volonteroso che ti aiuta. L'anatroccola Antonia spolverava con il piumino, il che le riusciva piuttosto bene perché le ricordava la zia Kate.

Balduin il bassotto cercava briciole perché aveva il muso adatto. La topolina Minna spazzava nelle fessure più piccole. L'agnellino Pluffi aveva appeso il tappeto al ramo di un albero e lo batteva con il battipanni per mandare via la polvere. E l'orsetto Bono? Lui correva dappertutto, sfregava un po' qui, puliva un po' là. «Bono, ora stenditi sul divano e sta' un po' quieto, altrimenti non finiremo mai» lo sgridò Minna. L'orsetto sospirò, ma poi andò a riposarsi. Anzi, a un certo punto si addormentò addirittura! Al suo risveglio, tutta la casa profumava di pulito. E anche di qualcos'altro… ma che cos'era? «Biscotti!» gridò contento. I suoi amici avevano pulito tutto, fatto i biscotti e preparato il tè. «Volevamo un premio per il nostro lavoro» gli spiegò l'anatroccola. Bono era felice. Addentò un delizioso biscotto alle noci ed esclamò: «*Gnam gnam!* Siete davvero i migliori amici al mondo!» Poi, gettò le braccia in aria e andò a sbattere in uno scaffale, che rovinò fragorosamente a terra. Tutti risero. «Caro Bono, sei un gran pasticcione!» gli disse l'agnellino. Ma a Bono non importava, perché adesso lui era un pasticcione con la pancia piena e la casa pulitissima.

E tu, sei mai un pasticcione? Che guai hai combinato? E mamma e papà, hanno mai fatto pasticci?

Un funambolo tutto da ridere

Pluffi e Quax volevano fare uno spettacolo circense come funamboli. Avevano teso una lunga corda fra lo scivolo e la casetta. Quax camminava sulla corda, andò perfino all'indietro, fece una capriola e si mise a saltare su e giù. Inoltre, sapeva tenere una mela in equilibrio sulla testa. «Bravo!» gli gridò l'agnellino. «Adesso tocca a me!»

Pluffi si arrampicò sulla scaletta dello scivolo, poi mise una zampa sulla corda. Poi un'altra e un'altra ancora… l'ultima. E… *patapunf!* L'agnellino si ritrovò sulla sabbia. Per fortuna era morbida.

«Ancora una volta» lo incoraggiò il ranocchio. Pluffi si rialzò. Meno male che al parco giochi non c'era nessuno oltre a loro: esercitarsi senza spettatori è meglio! L'agnellino tornò sopra. Prima zampa sulla corda. Seconda, terza e… *patapunf!*

«Accidenti, così non potrò mai fare il circo!» si arrabbiò Pluffi. Quax ci pensò un po' su. «Forse il problema è che hai troppe zampe» gli disse. Pluffi ci riprovò ancora, e questa volta rimase appeso alla corda a testa in giù. Il ranocchio rise. «Sei buffissimo!» Anche Pluffi si mise a ridere. Improvvisamente, però, capì che cosa doveva fare, se voleva esibirsi al circo. Quando l'indomani sera si presentò davanti agli altri animali, Pluffi aveva il naso rosso e la lana tutta colorata. Inciampò sulle zampe, cadde dalla corda, rimase appeso a testa in giù e si beccò la mela di Quax sulla testa. E gli spettatori applaudirono e risero divertiti. Perché Pluffi era davvero il pagliaccio più bravo che avessero mai visto!

Posa una corda per terra e prova anche tu a starci sopra in equilibrio. Bravissimo!

Il miglior corvo pirata

Quax, il corvo Munnin e Fips scorrazzavano per il parco giochi. Avevano trasformato un carretto nella loro nave dei pirati. Fips stava per affrontare un nemico tra le sbarre del carretto quando a un tratto strillò. «*Oink!*» Quax lo guardò spaventato. «Che succede, Fips?» Il maialino si dimenava. «Mi sono incastrato!» Quax si voltò e cominciò a tirarlo per le zampe, ma non servì a niente. Poi provò a tirarlo per le orecchie, ma Fips si mise a strepitare ancora più forte. «No, le orecchie no!» Il ranocchio rifletté. «Spingilo dal davanti» disse a Munnin. Il corvo incominciò a spingere con la testa contro il muso del maialino. «*E... e... eccì!*» starnutì Fips: le piume di Munnin gli avevano fatto il solletico. «Così non va» disse Munnin. Quax cercò di piegare le sbarre. «Non così forte, se no rompi il carretto» lo ammonì Fips. «E il riccio Ferdi si arrabbierà con me, sarebbe terribile!» Quax scosse il capo. «Non mi viene in mente nient'altro.» Si sedettero uno vicino all'altro senza parlare. Di tanto in tanto, Fips gemeva. «Ho un'idea!» esclamò a un tratto Munnin, e diede un bel pizzico sul mento a Fips. Il maialino sussultò. «Ahi!» Poi Munnin lo pizzicò sul muso. E poi sulla fronte. «Ma ahi!» strillò Fips arrabbiato. Un altro pizzico. E poi un altro ancora. A quel punto si alzò e si mise a gridare: «Ma che stai facendo? Perché continui a pizzicarmi?» E in quel momento si accorse di non essere più incastrato. «Oh, grazie, piccolo corvo! Mi hai liberato!» E travolse Munnin in un grosso abbraccio. Munnin si mise a ridere. «Lo so, io sono il pirata più bravo del mondo!» E a te piace giocare ai pirati? Trasforma il tuo letto in una nave dei pirati!

Il gufo e un negozio tutto speciale

In cielo splendeva la luna e l'orsetto Bono andò al negozio del gufo. Era meraviglioso: il gufo lo aveva installato nel vecchio albero dal tronco cavo dove abitava. Ovunque c'erano oggetti di ogni forma, tutti interessantissimi. Cose da regalare, cose da guardare, cose da ascoltare e cose da toccare. Tutto scintillava, suonava, brillava e trillava.

«*Uh, uh*, Bono» lo salutò il vecchio gufo. Si risistemò gli occhiali sul naso per vedere bene che cosa cercasse l'orsetto. «Ah, cerchi un regalo per il tuo amico riccio» mormorò dopo un po'. Bono lo guardò stupito. «E tu come lo sai?» Il gufo si limitò a sorridere, poi si grattò un orecchio pensieroso. «Credo che prenderò quel fazzoletto lassù» esclamò Bono tutto entusiasta. Ma il gufo scosse il capo. «O sarà meglio quella lampada?» chiese Bono. Il gufo ammiccò appena, poi allungò una zampa e prese da un ramo un campanellino d'oro. «Fa uno e dieci» disse sorridendo. L'orsetto Bono non disse niente, stava ammirando il campanellino. Luccicava tutto e suonava: era splendido!

«Starà benissimo sul suo carretto» mormorò. Il vecchio gufo ricambiò il sorriso, prese i soldi dalla mano di Bono e lo salutò con un cenno della mano. «Grazie» disse Bono ancora stupito perché il gufo aveva saputo indovinare esattamente il regalo migliore per il suo amichetto. E corse via felice nella notte.

Qual è stato il regalo più bello che tu abbia mai ricevuto?

Che fame, povera volpe!

Una mattina, durante la sua passeggiata lungo il fiume, il riccio Ferdi scorse la volpe. Aveva annodato una corda a un lungo bastone e la teneva sospesa nell'acqua. «Buongiorno, volpe. Come sei impegnata a pescare! Hai già preso qualche bel pesce?»

Ma la volpe borbottò soltanto: evidentemente era di cattivo umore. Il riccio vide un grosso secchio blu vicino alla volpe e ci guardò dentro curioso.

«Oh, ma hai già preso un bel po' di roba!» si stupì Ferdi. La volpe continuò a brontolare. Ferdi si chinò sul secchio e incominciò a tirar fuori un oggetto dopo l'altro.

«Una bottiglia, uno stivale rotto, un sacchetto di plastica e un… e questo cos'è?» Il riccio Ferdi sollevò una palla marrone tutta ispida.

«Non lo so» bofonchiò stizzita la volpe. «Comunque è tutta spazzatura.» Il riccio Ferdi rise. «Ah, adesso capisco perché sei così di cattivo umore. Di sicuro stai qui da quando è sorto il sole e non hai ancora acchiappato neppure un pesce. Hai fame!»

La volpe alzò il capo e annuì. «Tantissima!» confermò. Poi si posò una mano sulla pancia e brontolò ancora. Il riccio era stupito. «Ma era il tuo stomaco che brontolava in quel modo tutto il tempo?» La volpe sorrise imbarazzata ed estrasse la canna da pesca dall'acqua: all'amo era appeso un lampone.

«Questa è la mia ultima esca» sospirò. Lo staccò dall'amo e se lo mise in bocca. E di nuovo si sentì il suo stomaco brontolare forte. Il riccio Ferdi aggrottò la fronte. «Ma sei sicuro che ai pesci piacciano i lamponi?» chiese.

La volpe sorrise. «No, parrebbe di no.»

Ferdi si grattò pensieroso fra le spine. «Però a te i lamponi piacciono» constatò.

La volpe si leccò le labbra. «Un mucchio!»

Allora Ferdi le prese la mano. «Vieni, ti mostro dove crescono i lamponi più buoni.» Corse via e si tirò dietro l'amica volpe; attraversarono il ponte e poi il campo oltre la vecchia quercia e lo stagno delle rane, fino a un piccolo cespuglio al limitare del bosco. Là si fermò e finalmente lasciò andare la volpe. Poi si portò un dito alle labbra. «Ssst! Qui ci sono i lamponi più dolci di tutto il bosco. Ma questo deve rimanere il nostro segreto!»

La volpe annuì tutta contenta: le piacevano i segreti! Quasi quanto i lamponi. Insieme mangiarono tutti quelli che riuscirono a trovare. Poi la volpe mormorò: «*Gnam gnam*, che buoni! Ora però ci vorrebbe anche un dessert.»

Il riccio Ferdi mostrò il carretto alle sue spalle: non usciva mai di casa senza. «Guarda, con me ho ancora una mela: vogliamo fare a metà?» Sì, certo che la volpe voleva. E quando ebbero mangiato anche quella, se ne tornarono contenti al fiume. Volevano cercare di combinare qualcosa con tutto quello che la volpe aveva pescato.

Anche a te piacciono i lamponi? Qual è il tuo frutto preferito?

Una buona azione

«Strega comanda colore… verde!» Quax si guardò attorno. «Il cespuglio laggiù?» gridò. «Oppure il trifoglio? Oh, no, lo so: è lo scivolo!» Pluffi applaudì. «Esatto!» Stavano seduti sulla giostra e giocavano agli indovinelli già da un po'. Ora toccava al ranocchio. «Strega comanda colore… un incendio!» Pluffi lo guardò stupito. «Un incendio? Dove?» Quax saltò su. «Là dietro, sul prato!» Adesso lo vedeva anche Pluffi. «*Bee*! Presto, corriamo al fiume!» Per fortuna non era lontano.

L'agnellino prese il piccolo carretto che stava abbandonato al parco giochi. Quax afferrò il secchiello con cui faceva sempre i castelli di sabbia e lo riempì d'acqua. Lo caricarono sul carretto e lo portarono all'incendio. Ma quando furono più vicini, videro che in realtà nel prato ardeva solo un fuocherello. La mucca Gloria se ne stava tranquilla e beata nel pascolo lì vicino e ruminava l'erba.

«Che cosa è successo?» chiese Quax tutto agitato. Gloria lo guardò. «E che cosa dovrebbe essere successo? Il contadino ha solo bruciato un mucchio di piante di patate. D'autunno lo fa sempre.»

Pluffi tirò un sospiro di sollievo. «Credevamo che bruciasse qualcosa!» Gloria continuò a ruminare. «Infatti è così» mormorò.

Quax rise. «Be', Gloria, allora l'acqua puoi prenderla pure tu. Acqua fresca di fiume. Hai sete?» Oh, sì, Gloria aveva sete eccome! Svuotò il secchio in un sorso solo.

«Grazie mille, *muu*!» gridò contenta. Quax e Pluffi se ne tornarono contenti al parco giochi. Quax era convinto: «Abbiamo fatto comunque una buona azione!»

Che cosa bisogna fare quando si vede un incendio? Tu lo sai?

Il terribile mostro di fiume

Antonia e Fips stavano seduti davanti al grosso mucchio di fieno nell'aia del contadino e si raccontavano storie dell'orrore. Ora che era autunno, la sera faceva buio presto e al buio ci si faceva paura. Fips stava raccontando di un vecchio fantasma di un castello quando Antonia incominciò a tremare tutta. «Che ti succede?» le chiese Fips. «Non è mica una storia tanto spaventosa.» Ma l'anatroccola continuò a tremare. «Gu-guarda laggiù, c'è un mostro di fiume!» Fips si voltò a guardare nella direzione indicata da Antonia, e in effetti dal fiume vide spuntare qualcosa di grosso e di scuro. Attorno al mostro fluttuavano tre luci. «Un mostro di fiume? Ma non esiste!» Fips ne era certo. Be', quasi certo. Per sicurezza strisciò sull'altro lato del mucchio di fieno. Antonia intanto ci era già sparita dentro. «Ehi, voi!» gridò il mostro. Un momento, ma quella voce Fips la conosceva! «Perché vi state nascondendo?» Era l'orsetto Bono! Il maialino sbucò da dietro il mucchio di fieno. «Bono, ma che stai facendo? Ci siamo spaventati! Credevamo che fossi un mostro di fiume.» L'orsetto rise. «Mi dispiace. Volevo solo fare un corteo di lanterne con voi per la festa di San Martino! Ecco, guarda, ne ho preparate anche per voi.» E gli mostrò tre buffi lampioncini a forma di fantasma. «Che belli!» esclamò Antonia che finalmente aveva osato farsi vedere. «Non c'è niente di cui aver paura.» Bono la prese sotto braccio. «No, mai, anatroccolina. Ci penso io a te!» E Antonia si strinse alla sua calda pelliccia d'orso. «Andiamo!» starnazzò. «Il mio amico fantasma…» Adesso i mostri di fiume erano tre, e correvano lungo il fiume cantando e ondeggiando.

E tu, conosci una canzone da cantare sui fantasmi? Cantala a gran voce!

Qualche volta però Munnin è fortunato

Pluffi e Munnin giocavano a mosca cieca. L'agnellino, con gli occhi coperti da un fazzoletto, cercava di acchiappare il corvo. Naturalmente, non era per niente facile, perché Munnin sapeva volare. Ma dato che a dire il vero il piccolo Munnin era proprio un po' sfortunato, ogni tanto si impigliava in un cespuglio e incominciava a strepitare, e prima che riuscisse a liberarsi, Pluffi lo aveva già bello che acchiappato.

«Adesso tocca a te!» disse l'agnellino, e strinse il fazzoletto sugli occhi del corvo.

Quindi Pluffi si mise a belare: «*Bee*, adesso prendimi!» e scappò via. Munnin sbatteva forte le ali tutto attorno: volare con gli occhi bendati è una bella fatica. Sbatteva le ali sempre più forte… e finì contro il tronco di un grosso albero. «Oh, no!» gridò Pluffi correndo dal suo amico. «Ecco, è sempre così» mormorò il corvo. «Per fortuna ho picchiato soltanto un'ala, non la testa.» In quel momento dall'albero cadde una castagna dentro il suo riccio tutto pieno di spine, e indovina un po' dove andò a finire? Proprio sulla testa del povero Munnin! «Oh, no!» esclamò Pluffi comprensivo. Però gli scappava anche un po' da ridere. «Ma sei davvero un corvo sfortunato.» Prese in braccio Munnin e gli accarezzò piano piano la testa e le ali. Munnin gracchiò soddisfatto. «Qualche volta però sono fortunato» disse. «Se solo adesso avessi una mela da mangiare…» E guarda un po', l'agnellino trovò proprio una mela in mezzo al prato. Munnin ne becchettò affamato un paio di pezzettini. «Forse sarà meglio che facciamo un gioco con gli occhi aperti» disse poi.

«D'accordo» ridacchiò l'agnellino. «Che ne diresti di cercare castagne?» Allora anche Munnin si mise a ridere. «In questo vinco io di sicuro!»

E tu, hai mai giocato a mosca cieca? Provaci con i tuoi amichetti!

Quax e la fantastica invenzione

Il riccio Ferdi, seduto al parco giochi, muoveva il braccio in tondo. Perché faceva così? Faceva girare la corda che Quax usava per saltare. Saltare era la cosa che a Quax piaceva più di tutte, perciò aveva annodato un capo della corda al castello per arrampicarsi e l'altro lo teneva in mano il piccolo riccio, che se ne stava seduto a leggere su una panchina. «Ti dispiacerebbe girare la corda per me?» gli aveva chiesto Quax. Ferdi gli aveva detto di sì. Purtroppo, però, a ogni movimento il riccio si muoveva tutto. «Uff, così non riesco a leggere» brontolò Ferdi. Gli occhiali da lettura gli erano già scivolati sulla punta del naso. «Oh, dai, ancora un po'!» lo pregò Quax, e riprese a saltare. A un certo punto, però, la corda girava così piano che non faceva che inciampare. «Che succede, riccio Ferdi? Perché non alzi di più il braccio?» «Perché il braccio mi fa male!» Ma il piccolo ranocchio ebbe un'altra idea. Prese il carretto del riccio Ferdi e lo capovolse. Poi afferrò due bastoni e li legò alle ruole davanti con un pezzo di spago. Quindi disse: «Avanti, Ferdi, ora pedala. Come quando vai in bici. Così non ti stanchi!» Il riccio Ferdi guardò l'invenzione di Quax, poi appoggiò i piedi sui due bastoni e partì. «Ehi, funziona!» esclamò entusiasta. «Ma è facilissimo! Su, dai, Quax, mettiti a saltare.» E così il riccio Ferdi poté leggere e il ranocchio Quax saltare. Per tutto il giorno, fino al tramonto! Coricati sulla schiena e pedala per aria con le gambe: per quanto tempo riesci ad andare avanti?

Trasloco sprint per le chiocciole

Pluffi correva lungo il fiume veloce come un fulmine. Due giorni prima aveva dimenticato lì il suo carretto, ma per fortuna era ancora lì. «Eccolo!» esclamò l'agnellino sollevato.

L'orsetto Bono veniva verso di lui. «Me lo immaginavo: chi potrebbe volere un carretto così vecchio?» Insieme, lo capovolsero di nuovo per metterlo sulle ruote. Ma… oh! Sotto c'erano sedute sette chiocciole, tre grosse e quattro piccole.

«Ehi, che cosa fate alla nostra casetta?» brontolarono.

«La vostra casetta?» chiese Pluffi perplesso. «Ma questo è solo il mio vecchio carretto, non è mica una casa.» Le chiocciole si arrabbiarono da matte. «Certo che è la nostra casa! E tu non puoi portarcela via!» Pluffi guardò Bono in cerca di aiuto. E adesso? Il carretto gli serviva! L'orsetto si chinò sulle chiocciole. «Che ne direste di farvi una nuova casa su quella grossa pietra, invece?» Le chiocciole più grosse allungarono il collo. «No, no. Le pietre sono troppo lisce e fredde, noi preferiamo il legno.» L'orsetto Bono si guardò intorno. Lì, lungo il fiume, di legno non ce n'era. «Forse nell'albero là dietro?» Di nuovo le chiocciole dissero di no. Poi a Bono venne un'idea. «Guardate, ecco il ponte di legno. Là c'è molto più posto e sarete al riparo anche dalla pioggia. Sarebbe comodo!» Le chiocciole chinarono le teste per confabulare tra loro. «D'accordo» dissero alla fine. «Però dovete portarci voi, altrimenti noi ci impiegheremo settimane.»

Bono e Pluffi lo fecero volentieri. Le chiocciole si trovarono subito benissimo sotto il ponte, e finalmente Pluffi poté riportarsi a casa il suo carretto.

Hai mai osservato una chiocciola in giardino? Disegna un guscio di chiocciola su un foglio. Che bello!

Il tesoro del parco giochi

Ahi! Il maialino Fips era caduto dallo scivolo ed era finito nella sabbia a testa in giù. Poi sentì Antonia chiamare: «Vieni, giochiamo a "L'anatra ha perso un uovo"!» Fips corse da lei. «Come sarebbe a dire *un uovo*? Credevo che giocassimo a nascondere *una mela*!» L'anatroccola annuì. «Sì, certo, non ho davvero un uovo, perciò prendiamo una mela. Quello è solo il nome del gioco.» Il maialino grugnì soddisfatto. Cercare le cose nascoste gli piaceva un sacco. Si mise subito sulle tracce della mela: i maialini, infatti, hanno un fiuto straordinario. Antonia ridacchiò vedendo Fips sbuffare sollevando la sabbia. D'un tratto Fips si fermò. «Ma la mela non è mica lì» gli disse Antonia. Fips grugnì. «Lo so, però c'è qualcos'altro. Sento odore… odore di…!» Fips continuò ad annusare. Con il grugno, il maialino continuò a sollevare la sabbia e dopo un po' scoprirono una cassetta. «Un tesoro al parco giochi!» sussurrò Antonia eccitata. Aprirono la cassetta: era piena di cioccolata! «*Gnam gnam!*» si rallegrarono entrambi. E non avevano neppure avuto il tempo di pensarci che già ne avevano spazzolato la metà. «Oh!» esclamò Antonia. «Ma di sicuro il tesoro apparterrà a qualcuno, e noi glielo abbiamo mangiato quasi tutto!» Ma Fips rise. «Mi è venuta un'idea!» Il maialino cercò la mela di Antonia e la mise nella cassetta del tesoro. «È una buona sostituta» disse. Antonia starnazzò: era d'accordo. Seppellirono di nuovo la cassetta nella sabbia. «Vogliamo nascondere un tesoro anche noi?» propose Antonia. «Sì!» grugnì Fips. E corsero via in cerca di una cassetta adatta. Nascondi una pallina in camera tua e poi grida: «L'anatra ha perso un uovo!» Papà e mamma saranno capaci di trovarla?

Melascensore e melascivolo

Il riccio Ferdi si sedette sull'erba con un sospiro. «Che ti succede, Ferdi?» gli chiese Quax. «Guarda un po' qua» sospirò Ferdi. «Ho raccolto tutte le mele cadute in un grosso cesto, ma adesso non riesco a sollevarla perché è troppo pesante. Però non ho voglia di caricarle sul carretto a una a una. Non è che avresti un'idea? Tu hai sempre una soluzione per tutto, Quax!»

Il riccio guardava il ranocchio tutto speranzoso. Quax socchiuse gli occhi, poi sorrise. «Ma certo!» gridò, e subito sparì nella rimessa del riccio Ferdi. Ne uscì con un pezzo di corda, che fece passare sul grosso ramo del melo. Quindi annodò un capo della corda ai due manici del cesto, mentre l'altro lo tenne in mano. «Vieni, Ferdi» gli disse. E insieme tirarono la corda. Oh, issa! Uh, come pesava! Però insieme riuscirono a sollevarlo. «Presto, spingici sotto il carretto» ansimò Quax.

Il riccio aveva appena spinto il carretto davanti all'albero che Quax lasciò andare la corda e il cesto ci atterrò giusto giusto sopra. «Fantastico!» lo ringraziò il riccio. Poi tirò il carretto fino alla finestra della cantina. «Però adesso devi comunque portare le mele in cantina una per una» osservò Quax.

Ma il riccio Ferdi scosse il capo. «No, qualche volta anch'io sono capace di inventare qualcosa» gli spiegò. Prese una mela e la fece cadere nella grondaia che portava fin giù in cantina. La mela atterrò su un grosso cuscino morbido. «Che comodo!» esclamò divertito Quax. «Posso aiutarti?» Perché con un'idea così buona, anche fare i lavori più faticosi diventa divertente.

Prova a imitare l'invenzione del riccio Ferdi: posa un cuscino per terra, poi prendi un rotolo vuoto di carta da cucina e facci rotolare dentro delle biglie. Vedrai come atterreranno dolcemente sul cuscino.

Il coniglio misterioso

Un giorno Pluffi e l'orsetto Bono trovarono un coniglietto che dormiva. Era in una conca sul fiume, ben nascosto tra le canne. «Ssst!» sussurrò Bono. «Ma chi sarà?»

Pluffi guardò meglio. «Mi pare di conoscerlo» disse. L'agnellino si sfregò l'orecchio lanoso. «Mi porta sempre qualcosa… Ecco, ci sono, è il coniglietto di Pasqua!»

L'orsetto sorrise. «Ma no, caro Pluffi. Il coniglietto di Pasqua lo conosco, e non è lui. Non potrebbe essere il coniglio Augustin? Quello che corre sempre così veloce?»

Pluffi guardò le zampette del coniglio addormentato. «No, ha le zampe troppo corte. E poi guardalo, dorme, non corre mica.»

Pluffi si chinò un po' di più sulla testa del coniglio. «Guarda, sul suo fazzoletto è disegnato un corno dorato» disse. «Di sicuro viene dalla cappella del bosco. È un suonatore di corno.»

Bono annuì. «Potrebbe essere. E di sicuro nella borsa tiene il corno.» Bono sbirciò nella borsa. «No, ci sono solo dei pacchetti. E delle buste. Oh, credo di avere capito chi è…»

Pluffi lo guardò curioso. «E chi? Un coniglio bibliotecario? Un coniglio piazzista?»

In quel momento il coniglio aprì gli occhi. «Oh, mi sono addormentato» mormorò rialzandosi di scatto. «Mi devo affrettare. Devo andare. Devo correre a consegnare. Arrivederci!» E subito scomparve, con la sua borsa sotto il braccio.

«Adesso ho capito» esclamò Pluffi soddisfatto. «Era il coniglio postino!» L'orsetto Bono annuì. E poi corsero veloci a casa per vedere se per caso fosse arrivata posta per loro.

E tu lo sai che cos'è un corno? È uno strumento musicale. Sai com'è fatto? Prova a disegnarlo!

Fips sa essere un maialino diligente!

Il bassotto Balduin arrivò nell'aia talmente di corsa che Fips trasalì spaventato. «Ma che ti prende?» chiese il maialino sorpreso. «Ho dovuto camminare per tutto il giorno al guinzaglio. Adesso ho proprio bisogno di correre. Vuoi venire con me?» Fips ci pensò su. Correre e basta? I maiali non lo trovano poi così divertente. «Ho un'idea migliore» propose Fips. Andò a prendere il vecchio carretto e con una corda legò la stanga al collare di Balduin. «Prima tu tiri me, e poi io tiro te!» Balduin non se lo fece dire due volte, tanto era contento di poter finalmente fare qualcosa. Corse per tutto il cortile, poi sul viottolo, nel parco giochi e tornò indietro. Quando arrivò sull'aia, il bassotto era senza fiato. «Uff, ne avevo proprio bisogno. Grazie, Fips!» Il maialino sorrideva. «Adesso tocca a me!» disse. Balduin legò ben stretta la corda al suo amico e si sedette nel carretto. Fips si mise a correre, ma i maialini non sono mai sazi, e così già dopo tre passi si fermò vicino a un secchio pieno di bucce di patate. Poi il maialino si rotolò per bene in una pozzanghera e infine sgranocchiò degli avanzi di pane. «Ehi!» esclamò Balduin, ma Fips non volle saperne di riprendere a correre. Allora a Balduin venne un'idea: legò una mela al bastone e la fece penzolare davanti al muso di Fips. E così Fips riprese a correre. Prima lentamente, ma poi sempre più in fretta! Dopo un breve giro, Balduin lo riportò all'aia. «Sei davvero un maialino diligente, lo sapevi?» gli disse il bassotto contento. Il maialino annuì. Non poteva parlare, perché finalmente era riuscito ad azzannare la mela.

E a te, piace fare gare di corsa con gli amici? Chi è il più veloce?

Ombre sinistre nell'acqua

Quax chiamò a gesti Antonia che passava dondolando lungo il fiume. «Vieni in acqua» le disse ridendo. «No, grazie» rispose l'anatroccola. «E perché no?» chiese Quax. «Oh, non ne ho voglia» rispose Antonia. «Nell'acqua ci sono delle strane ombre.» Il ranocchio si guardò attorno. «Ombre? Ma sono solo i pesci che nuotano sott'acqua. Li conosci anche tu! Qua c'è il pesce persico e là il grosso siluro d'Europa, non ti hanno mai fatto paura prima!» Antonia si avvicinò. «No, è vicino al nuovo ponte» sussurrò. Quax convinse Antonia a nuotare fino al ponte e lentamente l'anatroccola lo seguì. Giunti sotto il ponte, il ranocchio si guardò attorno. «Qui non c'è niente!» Quax si immerse. «E neppure qua sotto» disse poi quando tornò di sopra. Antonia guardava l'acqua impaurita. «Eccola, è là!» E in effetti, davanti all'ombra scura del ponte all'improvviso era spuntata una macchia ancora più grossa e più scura. Quax si immerse, ma… non c'era niente! Poi guardò in su… e scoppiò a ridere. «Guarda, Antonia. Eccola lassù, la tua ombra scura!»

L'anatroccola guardò in su: affacciato al ponte c'era Pluffi!

«Ma eri tu?» gli chiese Antonia stupita. «Credevo che fosse qualcosa sott'acqua.»

L'agnellino sorrise. «Mi dispiace, non volevo spaventarti. Negli ultimi tempi sono venuto a cercarti qui perché so che ci vieni spesso a giocare, ma appena arrivavo, tu scappavi via prima che potessi chiamarti.»

Antonia rise. «Per fortuna eri soltanto tu!» Poi il ranocchio e l'anatroccola corsero da Pluffi e finalmente si misero a giocare insieme.

E a te, è mai capitato di avere paura? Che cosa ti ha spaventato?

Una passeggiata notturna

«Andiamo a fare una passeggiata al fiume» propose il riccio Ferdi al suo amico Bono. Era autunno e il vento faceva volteggiare le foglie davanti ai loro musi. «Ehi» disse l'orsetto. «Quando vado a passeggio con la mia nonna portiamo sempre un fagottino con noi.» Il piccolo riccio lo guardò curioso. «E che cos'è un fagottino?»

L'orsetto Bono glielo fece vedere. «Si apre un fazzoletto per terra e dentro ci si mette tutto quello che può servire.» Bono ci mise una borraccia, un pezzo di pane e una mela. «Poi lo si annoda bello stretto e lo si appende a un bastone. Sta' a vedere, così!» L'orsetto si mise il bastone in spalla. «Ne voglio uno anch'io!» esclamò il riccio Ferdi. Bono lo aiutò a preparare un suo fagotto e lo attaccò a un bastone. Ora potevano mettersi in cammino. Costeggiarono il fiume e in breve si trovarono davanti a una grossa parete di roccia. «E adesso?» chiese Ferdi. «Non c'è problema» lo rassicurò l'orsetto Bono tranquillo. «Vado avanti io.» Cercò un passaggio adatto fra gli enormi massi e procedette lentamente. Il riccio Ferdi doveva solo seguirlo. E mentre camminavano, cantarono tutte le canzoni popolari che si ricordavano, ma presto il fiume fece una curva e i due amici non poterono più proseguire. «Dobbiamo passare sull'altra riva» disse Ferdi. «E come facciamo ad attraversare il fiume?»

L'orsetto Bono si guardò attorno. «Non c'è problema» disse poi. «Vado avanti io.» Cercò un punto poco profondo con tanti sassi piatti e saltò da uno all'altro. E anche lì, Ferdi dovette soltanto seguirlo.

Una volta attraversato il fiume senza difficoltà, proseguirono allegramente. Poco dopo si trovarono davanti una lunga fila di tronchi d'albero abbattuti.

Era una fila troppo lunga per poterci girare attorno, ma i tronchi erano

troppo alti per arrampicarcisi sopra. «E adesso?» chiese Ferdi guardando il suo amico.

«Non c'è problema» rise l'orsetto Bono. «Vado avanti io.» Aveva già scoperto un tronco cavo. Lentamente ci si infilò dentro e il riccio lo seguì. E così continuarono finché a poco a poco il sole tramontò. Poi si sedettero su un ceppo e mangiarono la cena.

«Ehi, di' un po'» cominciò il riccio Ferdi. «Ma tu lo sai esattamente dove siamo, Bono?»

L'orsetto Bono scosse il capo. «Io no, e tu?» Neppure Ferdi lo sapeva. Insomma, si erano persi!

Il riccio si guardò attorno preoccupato. «E adesso che cosa facciamo?» chiese.

«Non c'è problema» disse Bono. «Vorrà dire che la nostra diventerà una passeggiata notturna con pernottamento nel bosco. Di notte qui ci sono degli scricchiolii e degli scoppiettii così belli!» Proseguirono ancora per un tratto finché non trovarono un buon posto per la notte. Soffice muschio, un monticello di terra: era davvero comodo! Bono si sdraiò sul morbido terreno e Ferdi gli si accoccolò vicino.

«E domani?» domandò il riccio insonnolito.

«Non c'è problema» borbottò Bono. «Domani avrò una gran fame, e il mio naso mi riporterà dritto a casa!» Ferdi ridacchiò. Era proprio così: quando Bono aveva fame, il suo naso trovava sempre la strada giusta. Perciò poté addormentarsi tranquillamente. E così un grosso orso e un piccolo riccio si abbracciarono stretti stretti in mezzo al bosco e dormirono sodo per tutta la notte. Forse anche a te è capitato di dormire in qualche posto che non fosse il tuo letto? Dov'è stato?

Gloria è un vero tesoro

«Gloria!» Pluffi, tutto agitato, arrivò di corsa in mezzo al pascolo. La bonaria mucca ruminava di gusto un ciuffo d'erba. «Gloria, devi aiutarmi» ansimò Pluffi senza fiato.

La mucca guardò tranquilla l'agnellino. «Che succede, *muu*?» Pluffi agitava freneticamente la testa di qua e di là. «Ho preso in prestito il carretto del riccio Ferdi, ma poi è rotolato via ed è caduto nel fiume. Devi tirarlo fuori, sei l'animale più forte che conosca!» Gloria inarcò le sopracciglia: lei era la più forte? Ruminò ancora due volte, poi annuì. «D'accordo, vengo.» Pluffi si mise in mezzo tra i due fili dello steccato che recingeva il pascolo e li allargò, così Gloria poté passare senza problemi. Corsero al fiume e per la mucca tirare fuori il carretto fu un gioco da ragazzi. Strinse la stanga nella bocca e tirò. Pluffi non aveva ancora fatto in tempo a dire: «Oh, issa!» che lei aveva già finito. «Grazie» esclamò l'agnellino.

«Non c'è di che» muggì Gloria voltandosi. Aveva già di nuovo fame. Oh, là c'era una mela. *Gnam!* La mangiò in un boccone.

«Oh, no, era per il riccio Ferdi, come ringraziamento» spiegò Pluffi.

Troppo tardi, Gloria faceva già un ruttino. «Scusami tanto!» Pluffi sospirò. Ma Gloria ebbe un'idea: «Là dietro c'è un grosso albero di noci: potrai senz'altro raccogliere le prime noci mature e portarle a Ferdi. Ai ricci le noci piacciono.»

«Gloria, sei un tesoro!» esclamò l'agnellino.

Gloria biascicò: «No, sono una mucca» mormorò allegra e caracollò pian piano al suo pascolo.

E a te piacciono le noci? Oppure preferisci le arachidi?

Chi fa gli spruzzi più in alto?

Antonia, Quax e Fips avevano costruito una piscinetta al parco giochi. «Evviva!» urlò Quax e ci si tuffò dentro facendo schizzare l'acqua. «Ehi, ma così bagni tutto» brontolò Antonia. «Quello non era niente, guarda un po' qua!» esclamò Fips. Il maialino prese la rincorsa e si tuffò – *ciaf!* – nella piscina. L'acqua schizzò in alto. «Ora io!» gridò l'anatroccola. Sbatté una volta le ali attorno alla piscina e stava per buttarsi in acqua quando Quax le gridò: «Ferma!» «Che succede?» chiese Antonia atterrando sulla sabbia. «Non abbiamo più acqua» le spiegò il ranocchio. L'anatroccola guardò: era proprio vero. Rimaneva solo una piccola pozzanghera. «Accidenti, Fips, l'hai schizzata tutta fuori» brontolò. «Scusami tanto» mormorò Fips. «Volevo solo fare un po' di spruzzi.» Antonia starnazzò due volte, poi disse: «Va be', non lo hai fatto apposta. Però volevo tanto tuffarmi anch'io». Era davvero triste.

Meno male che c'era lì Quax. Il ranocchio ebbe subito un'idea. «Antonia, perché non andiamo al fiume? Là potrai sicuramente buttarti in acqua, e Fips potrà tuffarsi quanto vuole! Il fiume non si svuota mai!» Naturalmente il ranocchio aveva ragione. Gracidando e starnazzando, scesero al fiume e là corsero e sguazzarono tanto che l'acqua arrivò quasi al parco giochi.

Prova a battere forte i piedi nudi o con gli stivali in una pozzanghera *cic-ciac cic-ciac*: vedrai che begli spruzzi!

Al parco giochi c'è da lavorare!

L'orsetto Bono e Pluffi volevano giocare ad arrampicarsi, ma tutto attorno al castello del parco giochi era tesa una corda. «Che cosa significa?» chiese stupito l'agnellino.

L'orsetto Bono si guardò attorno. «Qui c'è un gradino rotto» disse. «Guarda, si è spaccato. Di sicuro hanno transennato il castello perché nessuno si facesse male.»

Pluffi esaminò tutto il gioco. «Per il resto però è tutto in ordine!» disse. L'orsetto aggrottò la fronte. «Non si può mica transennare tutto il castello solo perché c'è un gradino rotto. Che cosa ci vuole a ripararlo?» Pluffi gridò: «Ehi, facciamolo noi!» E corsero a casa per prendere un'asse di legno, delle viti e un trapano. Ma quando furono di ritorno, la corda era scomparsa! E il gradino era stato aggiustato! «Ma ce lo eravamo sognati?» domandò Pluffi perplesso. «No» rise Bono. «Deve essere stato qualcuno più veloce di noi. E adesso, cosa facciamo di quest'asse di legno?»

Pluffi si guardò attorno e scorse il vecchio cartello su cui era scritto: PARCO GIOCHI. Era piuttosto malandato ed era anche appeso storto.

«Rifacciamolo nuovo» propose. Subito corse a casa a prendere la pittura. Intanto Bono svitò il vecchio cartello e avvitò quello nuovo. Poi Pluffi ci scrisse sopra PARCO GIOCHI con lettere colorate. «Fantastico» esclamarono entrambi. Ma poi scapparono via: adesso finalmente potevano arrampicarsi!

Anche tu puoi preparare un bel cartello, per esempio col tuo nome: appendilo fuori dalla tua stanza o dalla porta di casa!

Un piccolo corvo scaltro

Fips fischiettava allegro tra sé mentre raccoglieva le ultime patate rimaste nel campo. Andava avanti e indietro dal suo carretto sotto un albero con le braccia cariche di patate. Ogni tanto dall'alto cadeva una mela che finiva nel carretto: per Fips era comodissimo. A un tratto di lì passò in volo il corvo Munnin che atterrò proprio vicino al maialino.

«Che cosa stai facendo?»

Fips addentò una patata. «In realtà stavo raccogliendo patate per l'inverno, ma ho appena finito. Ne vuoi una?»

Munnin le annusò. «No, grazie, non mi piacciono!» disse. Il maialino posò nel carretto le ultime patate e poi si mise a tirarlo.

«Oh, issa!» gridò Munnin. Ma il carretto non voleva muoversi di lì. Il corvo si sedette sulla stanga e tirò con tutte le sue forze. «Oh, issa!» A un tratto il carretto fece un balzo in avanti, Fips inciampò e Munnin fece un capitombolo e finì nel prato a testa in giù.

«Uff!» gemette Fips. «La ruota si è bloccata nel prato. Si è rotta!» Il maialino sospirò. «E adesso, come faccio a portare a casa tutte le mie patate?»

Munnin gracchiò. «Non c'è problema!» Poteva anche essere un corvo sfortunato, ma era anche molto sveglio! In quattro e quattr'otto strinse nel becco l'angolo del carretto, sbatté poderosamente le ali e lo sollevò un pochettino. «Si va!»

Ehi, funzionò davvero! Così riportarono il carretto fino all'aia e là Fips scaricò le patate e riparò la ruota. «Meno male che sei così scaltro!» disse il maialino. E le piume del corvo luccicarono di rosso per la gioia!

A te piacciono le patate? Quante cose ci si possono fare?

Ciliegie contagiose

Quax, Pluffi e Munnin erano seduti sul carretto e sputavano noccioli di ciliegia nell'acqua. Quax ne aveva raccolte un mucchio e aveva messo una ciotolina davanti al carretto. «Ho sputato fino al sasso!» gracchiò il corvo Munnin tutto orgoglioso. «E sono capace di sputare anche più lontano!» Alzò la testa, allungò il becco per aria e sputò. Il nocciolo volò in aria, e subito ricadde giù, proprio sulla sua testa. Quax e Pluffi risero così tanto che rischiarono di cadere. «Guardate che cosa so fare io» gridò l'agnellino. Si piazzò davanti al carro. «Lanciate una ciliegia» disse, e aprì la bocca. Il ranocchio lanciò la ciliegia e – *gnam!* – Pluffi l'acchiappò con la bocca! Adesso anche Munnin si mise a lanciare ciliegie, ma lo faceva così in fretta che Pluffi non riusciva ad acchiapparle tutte. In breve l'agnellino si ritrovò il mantello di lana pieno di chiazze color ciliegia. A un tratto Quax sospirò. «Uff, ecco che arriva la mia prozia Kate. Parla sempre un sacco, vado a nascondermi!» Ma era troppo tardi: Kate veniva dritta verso di loro. Poi però si fermò a pochi passi dal fiume. «Ehi, ma che succede? L'agnellino ha il morbillo! Oppure la varicella. O un'altra brutta malattia. Quax, mi pare che abbia qualche macchia pure tu. No, peccato, allora purtroppo non posso venire da voi. Andate a casa, bambini! Correte dal medico!» Li salutò e scappò via. Quax era felice. «Che fortuna! La sapete una cosa? Non mi farò mai più il bagno!» E scoppiarono tutti a ridere. Poi ripresero allegramente a sputare, perché non si poteva mai sapere chi poteva passare ancora di lì! E tu, quanto sai sputare lontano i noccioli di ciliegia? Prova!

L'albero dei regali

L'orsetto Bono compiva gli anni, perciò i suoi amici decisero di fargli una sorpresa speciale.

«Una festa» propose il corvo Munnin.

Il riccio Ferdi approvò entusiasta: era proprio una bella idea! «Magari vicino al suo albero preferito, al limitare del bosco» suggerì. «Vediamoci là oggi pomeriggio e prepariamo tutto. Ho dato appuntamento là a Bono per il tramonto.»

Il riccio corse avanti con il corvo Munnin. Avevano già caricato sul carretto tutto l'occorrente per una bella festa. Quando arrivarono al grosso albero, incominciarono subito con le decorazioni. Munnin svolazzò fin sulla punta e attaccò ai rami dei lumini. Il riccio Ferdi sistemò la tavola e l'apparecchiò a festa. Quando ebbero finito, Munnin chiese: «E i regali, dove li mettiamo?» Ferdi si sfregò il muso pensieroso. «Ho una bella idea» disse poi. «Appendiamo delle corde sull'albero e a ognuna attacchiamo un regalo, così Bono potrà staccarli uno dopo l'altro.»

E così fecero. Tutti gli amici che arrivarono appesero il loro regalo a una corda. Quando il sole tramontò, arrivò l'orsetto. Gli amici si misero a cantare: «*Tanti auguri a te, tanti auguri a te, tanti auguri, caro Bono, tanti auguri a te!*»

Com'era contento Bono! Festeggiarono e mangiarono e sgranocchiarono tutti contenti fino a notte inoltrata. Ma per Bono la cosa più bella fu poter staccare dall'albero un regalo dopo l'altro. Per qualcuno dovette addirittura arrampicarsi sul tronco, che era una delle cose che gli piacevano di più. Sì, l'orsetto Bono pensava davvero che quella fosse la più bella festa di compleanno che avesse mai avuto.

Quando è stata la tua ultima festa di compleanno? Chi c'era? Che giochi avete fatto?

La topolina rossa è tanto triste

L'agnellino Pluffi si accoccolò vicino al vecchio albero in mezzo al parco giochi in cui abitava la topolina Minna. «Ehi, Minna, dai, vieni fuori!» gridava. «No» squittì la topolina. L'agnellino alzò la testa stupito. «E perché no?» Poi sentì Minna singhiozzare.

«È terribile!» Pluffi sussurrò: «Che cosa è terribile?» Allora la topolina Minna venne fuori. Cioè, probabilmente era Minna, ma in realtà lui vedeva solo un fazzoletto che camminava. «Perché ti nascondi sotto il fazzoletto?» volle sapere Pluffi.

«Perché ho un aspetto orrendo» gemette la piccola topolina. «Sono tutta rossa, è terribile!» Il piccolo agnellino cercò di consolarla. «Fammi un po' vedere.» La topolina esitava. «Guai a te se ridi!» E da sotto il fazzoletto spuntò un braccino di topo. Pluffi non vide proprio nulla di strano: il braccio non era mica rosso, era del solito grigio-topo. Per Pluffi fu sufficiente. Con un gesto deciso, strappò via il fazzoletto. «No, no, no!» lo implorò la topolina. «Ma guarda che sei normalissima» si affrettò a rassicurarla Pluffi.

«Davvero?» Minna si guardò. «Sì, è vero!» Minna indicò una mela che giaceva per terra vicino all'albero e brillava meravigliosamente alla luce del sole. «Ma guarda, mi posso specchiare lì! E... oh, ecco, vedi, sono proprio rossa!» Pluffi scosse il capo. «Ma non sei tu a essere rossa, è la mela! Tu ti ci rifletti soltanto.» Minna ci pensò un po' su. Poi allungò un piedino e sferrò un calcio alla mela. «Brutta mela!» disse. Pluffi scoppiò a ridere e si mangiò la brutta mela in un boccone. «E adesso possiamo giocare, piccola topolina grigia?» Oh, sì, Minna ne aveva proprio voglia!

Prova a guardare con un paio di occhiali da sole colorati o attraverso una pellicola colorata: vedrai tutto a colori!

Un grasso fantasma di foglie

Era autunno e dappertutto svolazzavano montagne di foglie. Quax, Antonia e Fips giocavano lungo il fiume. «Venite a cercarmi» gridò Fips. Naturalmente non era un problema, perché anche se si era nascosto sotto il grosso mucchio di foglie, la sua codina rosa spuntava sempre da qualche parte. Quax si buttò giù da un albero e Antonia si tuffò in picchiata. Alla fine, stanchi e divertiti, si stesero tutti su quella montagnola frusciante. Dopo che si furono riposati un po', Quax disse: «Mi è venuta un'idea. Oggi il fiume corre molto lentamente. Buttate dei mucchietti di foglie dal ponte, io nuoterò sott'acqua e cercherò di riemergerci proprio in mezzo». L'anatroccola e il maialino corsero subito via. Quax nuotò sott'acqua verso il ponte e sbucò al centro del primo mucchietto. Sembrava davvero divertente. Poi però Fips e Antonia ne buttarono così tante che Quax non fu più abbastanza veloce. Riemerse ridendo e tossendo, e sul ponte vide solo Antonia. «E Fips dov'è andato?» Antonia sorrise. E proprio in quel momento, un grosso mucchio di foglie arrivò a nuoto vicino a Quax. Il ranocchio fece per tuffarcisi in mezzo, ma la montagnola si mise a sbuffare e a grugnire e poi spuntò un buffo naso rosa tutto schiacciato. Quax scoppiò a ridere. «Ehi, aspetta» gridò divertito, e premette il naso del maialino sott'acqua. «Ehi, voglio giocare anch'io» gridò Antonia, e svolazzò sulla testa di Fips. E in quattro e quattr'otto cominciò un'allegra battaglia di foglie e acqua. Alla fine i tre amici si fecero portare a riva dalla corrente.

«Mi piace l'autunno, con tutte le foglie che cadono» disse Antonia. «Anche a me» rise Quax. «Soprattutto i fantasmi di foglie!» Com'è fatto un fantasma di foglie? Avresti voglia di disegnarne uno o di farlo incollando delle foglie?

Una splendida e fredda giornata di neve

L'orsetto Bono si era nascosto sotto il carretto. Fece una palla di neve bella grossa e si rialzò, poi la buttò verso lo scivolo. Nel parco giochi qualcuno strillò. «Colpito!» urlò Bono tutto contento quando vide l'agnellino che proprio vicino allo scivolo si toglieva la neve dalle orecchie. «Pugno!» gridò Pluffi! Aveva la lana tutta bagnata. L'orsetto si avvicinò e l'aiutò a pulirsi. «Facciamo un agnellino di neve?» propose Pluffi. «Sì, e poi anche un orsetto» disse Bono. Subito formarono un'enorme palla di neve e la fecero rotolare in mezzo al parco giochi. Di lì a breve, sullo scivolo era seduto un grosso orsetto di neve, mentre sulla giostra c'era un agnellino di neve. «Occhi, naso, bocca» mormorò Bono, e affondò dei sassolini nel viso del suo orsetto. Poi gli mise al collo il suo fazzoletto. «Carino!» disse. Anche l'agnellino di Pluffi era davvero bello. Poi riprese a nevicare. Bono e Pluffi continuarono a giocare, ma adesso la neve era così fitta che presto assomigliarono ai loro animali di neve. Pluffi rise. «E ora, chi è il mio amico Bono, quello sullo scivolo o quello che se ne va in giro?» Il vero Bono rise, poi prese Pluffi per mano e insieme corsero a casa. Quello che ci voleva adesso erano una cioccolata calda, un fuoco scoppiettante e un libro divertente. E così una splendida e fredda giornata di neve terminò con una splendida e calda serata davanti al camino. Quello che ci voleva per due amici. Che cos'hai fatto l'ultima volta che è nevicato? Un pupazzo di neve? Sei andato a pattinare? Racconta!

Chi vuole vedere due manovali diligenti?

Fips e Antonia correvano cantando alla casetta sull'albero. Volevano fare un bel picnic, perciò avevano con sé un cestino pieno di leccornie. «Sarà una bellissima giornata» disse Antonia. L'anatroccola salì addirittura saltellando i gradini inchiodati sul tronco dell'albero. Fips la seguiva più lentamente. Ma poi, ohi!, il quarto gradino fece *crac!* e il maialino rotolò sul prato.

«Fips, ti sei fatto male?» Antonia svolazzò subito di sotto.

«No, tutto a posto» disse Fips. Però si sfregava un fianco, perché era caduto proprio su una radice. «Sto bene. Credo che il legno dei gradini fosse marcio; deve essersi rotto per questo. Dobbiamo controllare che anche quelli più in alto siano solidi!»

«Oh, che bello!» esclamò Antonia tutta contenta: le piaceva un mucchio fare i lavori di riparazione. Anzi, l'anatroccola si mise subito d'impegno. Tirava e spingeva ogni piolo, e in effetti ne trovò un altro che vacillava. Anche nella casetta dovettero sostituire due assi del pavimento. Fips era già corso a prenderle, insieme con chiodi e un martello.

Per tutto il pomeriggio picchiarono e pestarono finché non fu tutto a posto. «Sei davvero un ottimo manovale» disse Antonia ammirata. Il maialino grugnì.

«Grazie, anche tu!» Poi posarono il martello e finalmente poterono fare il loro picnic. C'erano ciambelle, una mela ciascuno, nocciole e due fette di torta.

«Che buono! Quando si ha tanta fame, tutto è più gustoso!» biascicò Fips. Anche Antonia la pensava così. E tu, hai mai aiutato a riparare qualcosa? Quali attrezzi hai usato?

Ma dove sono i soldi?

Quax si esercitava nel salto in alto. Stando davanti a un grosso steccato, tentò di saltare più in alto che poteva, in modo da guardare dall'altra parte. Era già per aria quando al di là dello steccato vide il riccio Ferdi. «Buongiorno!» lo salutò contento. «Guarda un po' quanto so saltare in alto!» Però il riccio non lo guardava, ma teneva gli occhi abbassati. «Ciao!» mormorò. «Stai cercando qualcosa?» gli chiese allora Quax. Il riccio Ferdi annuì. «Volevo andare al mercato, a fare la spesa, ma come uno sciocco ho posato i soldi sul carretto, e quando il carretto è rotolato via, sono caduti. Così sono andato a casa a prendere il borsellino per raccogliere le monete, ma adesso non le trovo più!» Quax saltò oltre lo steccato.

«Non ci sono più?» chiese stupito. «Ma non può essere. Di sicuro sono nell'erba, da qualche parte. Dov'è che si è ribaltato il carretto?» Il riccio Ferdi mostrò a Quax dove si era rovesciato, e cioè proprio sotto un albero. Cercarono per un po'. «Qui non c'è proprio niente» dovette ammettere infine il piccolo ranocchio. «Che strano.»

Ma come al solito, gli venne subito un'idea. «Adesso faccio un bel salto alto alto e mi guardo attorno» disse. «Magari riesco a vedere i tuoi soldi da qualche parte.» Si accosciò e poi si esibì davanti al riccio Ferdi nel suo salto più alto.

«Santo cielo, ancora un po' e tocchi l'albero!» esclamò Ferdi ammirato e Quax rise. Intanto, guardò in fretta tra i rami in cima, e là scoprì due scoiattolini che gli sorrisero. Il ranocchio atterrò di nuovo sull'erba. Poi saltò un'altra volta per salutarli anche lui. Ma… ehi! Tra le loro zampe luccicava qualcosa! Quax saltò ancora in aria, e questa volta si aggrappò per bene ai rami e si arrampicò su su fino in cima.

«Ehilà, voi due» gracidò. Gli scoiattolini ridacchiarono divertiti. «Non è che per caso avete trovato delle monete?» Gli scoiattoli lo guardarono incerti. «Trovato che cosa?» domandò il più coraggioso dei due.

«Delle monete» ripeté Quax. «Delle cosine

rotonde che luccicano; stavano sull'erba.» Gli scoiattoli gli mostrarono allegri cinque monete.

«Queste?»

Quax annuì. «Sì, sono del riccio Ferdi, ne ha bisogno.»

I due scoiattoli si scambiarono un'occhiata ridacchiando. Erano orgogliosi di poter aiutare il riccio Ferdi. In un battibaleno scesero giù dall'albero e gli portarono i soldi.

«Grazie mille!» disse Ferdi a Quax, che intanto era atterrato accanto a lui.

«Ah» gracidò il ranocchio «per ringraziarmi potresti portarmi con te; potremmo prenderci insieme una bella tazza di tè.» Al riccio Ferdi parve proprio una buona idea: il tè gli piaceva moltissimo.

«E voi?» chiese agli scoiattolini. «Volete venire con noi?» Ah, non si erano mai visti due scoiattoli più entusiasti! Erano invitati anche loro! E così passando per il viottolo un'allegra combriccola se ne andò al mercato con il carretto, e lì fecero la spesa e bevvero il tè. E sulla via del ritorno cantarono tutte le canzoni che conoscevano.

«Era tanto che non mi divertivo così a fare la spesa!» disse il riccio Ferdi. «Mi farebbe piacere se la prossima volta veniste anche voi!» Oh, non ebbe certo bisogno di dirglielo due volte!

Tu le conosci le monete? Guardale bene: quelle più grosse valgono di più di quelle piccole. Dividile in gruppetti!

Chi pigola fra le canne?

L'orsetto Bono e Pluffi passarono di fianco al fiume mentre andavano in paese a fare la spesa. «Senti come canta bene il fiume!» disse Pluffi. «E pigola pure» si stupì l'orsetto Bono. Pigolare? C'era qualcosa che non andava! Pluffi e Bono guardarono bene fra le canne… e trovarono un anatroccolino. «E tu chi sei? Ti sei perso?» Ma il pulcino aveva così tanta paura che non disse proprio niente. Continuava solo a pigolare piano piano. Un po' alla volta, Pluffi cercò di convincerlo, scherzando e dicendo tante cose buffe. Ben presto il pulcino tornò allegro. «Vado a cercare la sua mamma» disse intanto l'orsetto. Ma proprio quando stava per andare, sul fiume arrivò Antonia.

«Ehi, voi due!» li chiamò l'anatroccola senza fiato. «Per caso avete visto un pulcino piccolo?»

Bono annuì. «Sì! Se ne sta occupando Pluffi. Ma tu non sei mica la sua mamma, altrimenti lo saprei.»

Antonia scoppiò a ridere. «No, sono solo la baby-sitter. Siamo andati a nuotare, ma a un tratto invece di dieci pulcini ne avevo solamente nove. Vieni, Maja, torniamo dagli altri.»

L'anatroccolina corse subito alla riva e nuotò fino da Antonia. Poi salutò Pluffi e le due si allontanarono a nuoto. L'agnellino sospirò. «Ah, un piccolino così è proprio grazioso. Mi piacerebbe averne uno anch'io.» Bono lo guardò con aria di incoraggiamento. «Allora corri da Antonia: di sicuro un po' di aiuto le farà piacere!» Era proprio una buona idea e Pluffi partì di corsa. Bono si mise a ridere e si sdraiò pigramente sull'erba. A fare la spesa poteva pensarci anche dopo. Nasconditi da qualche parte e pigola finché non ti trovano!

Ma è una trappola!

Il riccio Ferdi stendeva il bucato. Il giorno prima aveva teso una lunga corda dalla sua casa fino all'albero di mele vicino al parco giochi, così il vento che arrivava dal prato poteva soffiare forte sulla sua biancheria e asciugarla in quattro e quattr'otto. Il riccio stese quattro asciugamani, tre tovaglie e cinque fazzoletti. E adesso tutta la corda era piena. Ferdi si prese una mela dall'albero e rimase a guardare i panni che sbattevano allegri al vento. Ma a un tratto arrivò di corsa qualcosa, si infilò in una tovaglia e trascinò tutto il bucato per terra. «Che succede?» brontolò il riccio Ferdi. Sotto tutti i panni spuntò Balduin il bassotto, che latrava come un matto. «Ma perché hai teso una trappola?» volle sapere. Il riccio scosse il capo. «Ma non era una trappola» spiegò. «Era la mia nuova corda per stendere.» «No, no, quella era una trappola. Tutti quelli che vogliono correre sul prato ci finiscono dentro.» In effetti era vero, la corda per il bucato era tesa molto in basso. «La corda deve stare più in alto» disse Balduin. Il riccio Ferdi annuì. «Però io sono basso: come faccio a stendere il bucato su una corda alta?» Ma il bassotto ebbe un'idea. Cercò due lunghi bastoni con una biforcazione sulla cima, poi infilò i due bastoni sotto la corda, ai due lati, quindi l'alzò e la tese bene. E per togliere il bucato, il riccio Ferdi doveva riabbassarla. «Fantastico!» abbaiò Balduin. «Ora qui sotto ci passa una mucca!» Il riccio Ferdi si mise a ridere. E Balduin tornò felice a correre in mezzo al prato. E tu, ce l'hai un cane? O magari ce l'ha il tuo vicino di casa? Come si chiama?

Fips, cantante rubacuori

Quax era seduto in cima allo scivolo e gracidava. Gracidava bene come non aveva mai fatto. Fips dormicchiava sotto la grossa quercia. «Se gracidi in quel modo non si farà mai avanti nessuna ranocchia» borbottò.

«Ma io non gracido mica per attirare una bella ranocchia» ribatté Quax offeso. «Gracido perché mi piace e suona bene e poi, tu di musica non ne capisci proprio niente.»

Fips si rizzò a sedere. «Lo credi davvero?» chiese. Il ranocchio annuì. Il maialino cercò un lungo bastone, poi prese una corda corta e sottile che stava appesa al castello per arrampicarsi, la legò al bastone e si piazzò sullo scivolo.

«E uno e due e tre e quattro!» Fips picchiava il ritmo sullo scivolo con la zampa e intanto faceva sibilare la corda per aria finché non incominciò a scioccare come una frusta.

Quax si tappò le orecchie. «Smettila!» lo implorò. Ma Fips non gli diede ascolto e continuò così ancora per un po', poi all'improvviso smise. «Finito!» Guardò Quax raggiante. Il ranocchio scosse il capo. «Ma quella non era musica» disse. «Era…»

In quel momento al parco giochi arrivò una graziosa maialina rosa. «*Oink*, ma chi suonava quella musica così bella?» chiese un po' timida.

Fips era raggiante. «Io!» disse, e porse il braccio a quella simpatica signorina. Lei lo prese e i maialini si allontanarono ridendo.

Quax rimase a guardarli sconcertato, poi decise che la prossima volta ci avrebbe provato con i grugniti invece che con i gracidii: forse alle ragazze piacevano di più? E tu, sei capace di grugnire una canzone? Magari *Siam tre piccoli porcellin*? *Oink, oink, oink…*

Una strana cosa arancione

Bono e Fips erano accoccolati sulla riva del fiume e buttavano sassolini in acqua quando videro passare l'orsetto lavatore Wutzi diretto alla discarica con il suo carrello. A un tratto, Fips saltò su. «Guarda un po' qua, Bono, Wutzi ha perso qualcosa» gridò tutto agitato. Corse subito in strada e quando tornò aveva in mano una cosa arancione. «Che carina, è una borsa o qualcosa del genere.» L'orsetto guardò ben bene quell'oggetto strano e disse: «No, in una borsa ci puoi mettere qualcosa dentro, questa invece ha una finestra.» E cercò di guardarci attraverso. Fips gliela prese di mano. «Questa è una protezione per gli occhi, guarda!» Il maialino si tenne quell'oggetto davanti agli occhi e si fece passare l'elastico attorno alla testa. «Sta a posto così» disse con voce un po' nasale. Bono rise. «Sei buffo!» Fips gli diede una spintarella. «Sarai bello tu!»

L'orsetto lo spinse a sua volta e Fips inciampò, cadde all'indietro e rotolò… dritto nel fiume. Bono si mise a ridere. Ma… oh, no! Fips non tornava più su. «Va tutto bene, Fips?» gridò allora l'orsetto. Il maialino fece sbucare la testa dall'acqua: sulla testa e sul mento gli correvano grossi goccioloni d'acqua, ma… gli occhi erano asciutti!

«Sono degli occhiali per acqua! Servono per andare sott'acqua con gli occhi aperti. Riesco a vedere tutto benissimo. Vuoi provare anche tu?»

Certo che l'orsetto Bono voleva provarli. E così i due amici fecero a turno a guardare e a nuotare sott'acqua per tutto il pomeriggio. Erano molto orgogliosi di avere scoperto che cosa fosse caduto dal carretto, e cioè un paio di occhiali per acqua. O era forse qualcos'altro?

E tu, hai capito che cos'avevano trovato? Hai mai provato un oggetto del genere?

Due veri artisti

Pluffi e Antonia dipingevano. Avevano messo i loro cavalletti sul prato e dipingevano quadri meravigliosi. Antonia ritraeva l'albero che stava proprio vicino a lei e Pluffi dipingeva un cesto di frutta con una mela, una pera, nocciole e un grappolo d'uva. Il sole splendeva alto nel cielo. Anzi, splendeva un pochettino troppo, pensava Pluffi, che sotto quella sua folta lana aveva sempre più caldo. Quando guardò Antonia, scoprì che l'anatroccola si era stesa sull'erba a dormire. Pluffi sorrise. Si guardò attorno in cerca di qualcosa con cui coprirla perché avesse un po' d'ombra, ma non trovò niente. Allora le posò delicatamente il quadro sulla schiena. Poi si mise comodo vicino all'anatroccola e si coprì anche lui con il suo quadro. Quando si svegliarono, aveva rinfrescato.

«Ah, che bel sonnellino!» mormorò Antonia. Con le ali si scrollò il quadro di dosso, poi si mise a ridere.

«Guarda, Pluffi, il mio quadro si è asciugato e ci sono rimaste attaccate un paio di piume.»

L'agnellino era ammirato: com'era bello, un quadro di piume! Subito Pluffi guardò anche la propria tela. «E io ho un quadro di lana!» rise. «Siamo due veri artisti!» Tutti contenti, misero via le loro cose e se ne tornarono di corsa a casa. Dei quadri così belli andavano appesi al più presto!

Anche tu puoi fare un quadro di lana o di piume: dipingine uno e attaccaci sopra delle piume o degli avanzi di lana!

Quax e il salto da giganti

Il ranocchio Quax era il più coraggioso di tutti i suoi amici, per lo meno quando si trattava di arrampicarsi, saltare e fare balzelli. Lui era l'unico che al parco giochi aveva il coraggio di salire fino in cima al castello gigante. Il castello gigante era talmente alto che arrivava fino alla punta dell'alta quercia, e il ranocchio si divertiva un mondo a saltare dal castello all'albero e viceversa. Ma quel giorno, quando saltò su un ramo della quercia, questo all'improvviso scricchiolò. «Oh!» Spaventato, Quax strinse forte forte quel ramo sottile. «Riccio Ferdi, aiuto!» si mise a gridare. Ferdi se ne stava seduto all'ombra dell'albero a contare le margherite. Arrivò di corsa, più in fretta che le sue zampette potevano portarlo. «Riccio Ferdi, devi acchiapparmi» gli gridò Quax. «Non ce la farò mai a saltare da qui!» Il riccio scosse il capo.

«Non puoi saltarmi in braccio, ti infilzerai nelle mie spine» gli gridò a sua volta. Poi però gli venne un'idea. Prese il fazzoletto su cui stava seduto e ne annodò due capi al castello, mentre gli altri due li tenne forte fra le mani. Quindi si mise in modo che il fazzoletto fosse bello teso proprio sotto Quax. «Ecco, ora puoi lasciarti cadere» urlò.

Quax chiuse gli occhi e si buttò. *Pluf!* Eccolo al sicuro sul morbido fazzoletto di Ferdi!

«Grazie, Ferdi» disse sollevato abbracciandolo con foga.

«Ahi!» Il riccio rise. «Ecco, vedi, ti sei punto.» Ma a Quax non importava mica, perché pensava: "I buoni amici li abbracci anche se pungono".

E tu, hai mai abbracciato qualcuno che ti ha punto? Magari papà, o il nonno, quando non si erano fatti la barba?

Fips è bravissimo ad acchiappare le cose

Fips giocava al suo gioco preferito: mangiare! Quel giorno aveva teso una corda fra due alberi e ci aveva appeso un mucchio di cose buone. «Una carota, una mela, un panino, una ciambella…» Contava ogni pezzo ad alta voce mentre li appendeva alla corda con uno spago. Poi guardò la corda e applaudì entusiasta. «Ora devo solo trovare qualcuno che abbia voglia di giocare con me» gridò tutto contento. Per fortuna passava di lì l'orsetto Bono. «Vieni, Bono, giochiamo a prendere le cose» lo invitò.

L'orsetto acconsentì ridendo. Siccome aveva appena finito di mangiare, ma sapeva che Fips si divertiva a pappare tutto lui, accettò e decise di lasciar vincere il maialino.

«Pronti, ai posti, via!» gridò Fips, e subito saltò su, acchiappò la carota e la sgranocchiò divertito. Bono allungò il collo e mangiucchiò qualche boccone di pane mentre Fips stava già divorando la mela. Poi toccava alla ciambella, ma… uff! La ciambella non voleva farsi acchiappare! Fips saltava sempre più in alto e si allungava cercando di morderla. Al terzo tentativo, si aggrappò alla corda e non la lasciò più andare. Purtroppo, però, il maialino era troppo pesante e… *crac!* la corda si strappò e Fips rotolò a terra. Rimase intontito sulla schiena con la ciambella ancora in bocca. Bono lo aiutò a rialzarsi ridendo. «Sei davvero bravissimo ad acchiappare le cose» gli disse. Il maialino era raggiante. «Grazie mille!» Poi Fips si sedette sull'erba e finalmente divorò in tutta calma la sua squisita ciambella. Appendi un paio di cose buone facendoti aiutare da papà e mamma e poi cerca di acchiapparle!

Occhio alla mela!

Il riccio Ferdi era seduto tranquillo sotto il vecchio albero di mele lungo il fiume. Il piccolo corvo Munnin era con lui e saltellava da una pietra all'altra, prendeva nel becco un bastoncino e lo buttava nel fiume, poi tornava svolazzando. A starlo a guardare al riccio Ferdi girava la testa. «Munnin, vuoi stare un po' fermo e seduto?»

Il corvo scosse le piume. «No, perché dovrei?» Ferdi si mise a ridere, chiuse gli occhi e stese al tiepido sole il morbido pancino da riccio. Munnin svolazzò sull'albero. «Oh, qui mi ci potrei proprio fare un bel nido!» gracchiò. E incominciò a raccogliere rametti e foglie tutto attorno. A un tratto dal ramo si staccò una mela. «Attenzione!» gridò Munnin. Il riccio Ferdi si arrotolò a palla e la dura mela atterrò con un gran *toc*! proprio in mezzo alle sue spine. «Dai, vieni giù!» gridò il riccio. Munnin saltellò giù di sotto. «Scusami tanto!» gli disse. Poi cadde un'altra mela e colpì il piccolo corvo sulla testolina. «Ahi ahi ahi!» piangeva Munnin. Il riccio Ferdi corse al fiume e immerse nell'acqua fredda il fazzoletto che portava sempre con sé e lo applicò sulle piume nere del corvo. «Grazie!» disse Munnin, e finalmente per un po' se ne stette bello fermo. Un bel po'. Un po' davvero lunghissimo. Il riccio Ferdi lo guardò preoccupato.

«Munnin, corvo giocherellone, la testa ti fa ancora tanto male? Non ti agiti più come prima!» Munnin ridacchiò. «Oh, proprio no! Sto già meglio! Un corvo giocherellone come me non smette mai di agitarsi!» E subito tornò svolazzando sull'albero. Il riccio Ferdi però si cercò un nuovo posto al sole, lontano dall'albero e dalle mele cadenti!

E tu, ti sei mai fatto tanto male? Quando è stato, e come è successo?

Chi è il più veloce?

Antonia, Quax e il riccio Ferdi volevano fare una gara di corsa. Naturalmente non è leale che un ranocchio, che fa dei salti lunghi lunghi, e un'anatroccola, che sa volare, facciano a gara con un riccio, che ha le zampette tanto corte. Perciò si accordarono che avrebbero davvero corso tutti e tre: salti e voli erano proibiti. «Su per la collina fino al parco giochi!» disse Antonia. «Pronti, ai posti, via!» E via, partirono di corsa!

Com'erano buffi! Il ranocchio con le sue zampe lunghe camminava tutto rigido sull'erba. L'anatroccola si dondolava da una zampa all'altra e ondeggiava tanto che sembrava una nave in preda a una tempesta. E il riccio Ferdi mulinava avanti e indietro le zampette così in fretta che era un miracolo che non si annodassero fra loro. E anche se i tre amici correvano in maniera tanto diversa, arrivarono al traguardo al parco giochi tutti allo stesso tempo!

«Così non va!» sbuffò Quax.

Ferdi disse: «Allora rifacciamo! Però questa volta voi due potete volare e saltare».

Antonia lo guardò stupita. «Ma così non è leale nei tuoi confronti!»

Il riccio sorrise. «Aspettate e vedrete» disse birichino. «Pronti, ai posti, via!»

Antonia e Quax saltarono e volarono subito, ma poi... ehi, che cos'era quello? Una palla marrone di spine che rotolava come un lampo giù per la collina e li superava.

«Primo!» gridò il riccio Ferdi quando si fu srotolato. I suoi amici si misero a ridere. Chi avrebbe mai immaginato che un riccio così piccolo potesse essere così veloce?

Fai anche tu una gara di corsa con mamma e papà: in avanti, all'indietro, a quattro zampe. Chi è il più veloce?

Un vero relitto

Bono e Fips erano sul ponte e guardavano il fiume sotto di loro. Dentro nuotavano molti animali e c'era anche una barca. Se Fips strizzava gli occhi, il sole scintillava sull'acqua ancora di più. A un tratto però il maialino sgranò gli occhi. «Ehi, guarda, Bono!» gridò tutto agitato. «Una nave affondata!»

L'orsetto si sporse in avanti. «Dove? Oh, sì, la vedo. Un relitto. Vieni, andiamo a tirarlo fuori!» Bono e Fips corsero in fretta sulla riva. Naturalmente, la nave non era una vera nave, ma solo una piccola barchetta giocattolo.

Il maialino dovette immergersi sul fondo per riuscire ad afferrarla. La tirarono a riva: sulla prua della barca era legata una corda spessa e non tanto lunga. «Di sicuro qualcuno se la trascinava dietro stando sulla riva e poi è affondata» disse Fips.

L'orsetto guardò meglio. «Sì, deve trovarsi là sotto già da un bel po', è tutta verde e arrugginita.» La sollevò e la capovolse per scrollare fuori tutta l'acqua. Ma… e quello che cos'era? Qualcosa che tintinnava e faceva *clic-clac*. Alla fine caddero fuori cinque monete luccicanti!

«Un tesoro!» esclamò felice Fips.

Anche Bono sorrideva. «Sì, un vero relitto con un vero tesoro. E nel nostro fiumiciattolo! Chi lo sa, magari era la nave di pirati minuscoli?» Scoppiarono a ridere entrambi, perché era solo una barchetta giocattolo. Decisero di aggiustarla e di ridipingerla. «Ma prima naturalmente con il nostro tesoro ci compriamo un bel gelato» propose Fips.

«D'accordo» disse l'orsetto Bono.

Se trovassi un tesoro, che aspetto avrebbe?

(Quasi) tutte le mele sono squisite

La mucca Gloria ruminava un ciuffo d'erba e intanto si guardava annoiata tutto attorno. Ma a un tratto smise di masticare: aveva visto Pluffi correre in tondo con una corda in bocca vicino al suo pascolo. Ma che cosa stava facendo? «*Muu!*» muggì Gloria. «Ciao, Pluffi!» L'agnellino la salutò e riprese a correre in tondo. «Stai facendo una danza segreta delle pecore?» volle sapere Gloria. Pluffi scoppiò a ridere. «No, sto solo facendo crescere le mele.» La mucca scoppiò a ridere. «Ma guarda che quelle che crescono sotto terra sono le patate! Le mele crescono sull'albero.» Pluffi annuì. «Sì, lo so, è quello che intendevo. Sto facendo crescere un albero di mele. Ho seppellito una mela nel terreno e l'ho coperta di terra.» Gloria sbarrò gli occhi. «Ma per quello bastano i semi! La mela me la sarei potuta mangiare io!» Sospirò e guardò la corda. «E adesso cerchi di tirarla fuori? Altrimenti a che cosa ti serve la corda?» «Sto tirando uno steccato attorno alla mela perché nessuno ci cammini sopra schiacciando l'alberello» spiegò Pluffi. «Uhm.... se vuoi al tuo albero ci sto attenta io, tanto sono sempre qui su questo pascolo.» Pluffi ne fu contento. «Grazie, sarebbe fantastico. Quando credi che potrò mangiare la prima mela? Fra due settimane?» Gloria rise. «No, ci vorranno anni!» Ma quando vide quanto si era rattristato il povero agnellino, gli propose: «In fondo al mio pascolo c'è un vecchio albero di mele che ha ancora un paio di frutti appesi. Vogliamo andare a scrollarlo un po' e sgranocchiarceli insieme?» Pluffi si consolò all'istante. In fondo, tutte le mele sono squisite, tranne quella della strega di Biancaneve! E tu, lo sai com'è un albero di mele? Cercane uno, all'aperto o in un libro. Vuoi provare a disegnarlo?

Ai ricci piace starsene tranquilli

Quax aveva inventato un gioco nuovo. Spinse il carretto del riccio Ferdi proprio davanti allo scivolo, poi salì la scaletta, scivolò… e finì dritto nel carretto. E dato che aveva ancora tanto slancio, rotolò per il parco giochi. Il ranocchio gracidava e faceva gridolini di gioia. «Vieni, Ferdi, gioca con me!» lo chiamò. Ma il riccio non ne aveva voglia. «Ah, sai, in realtà vorrei fare un gioco un po' più tranquillo. E poi non voglio rompermi le spine. Scivola pure da solo, io vado a farmi una passeggiatina.» E se ne andò.

Quax fece altre cinque scivolate, poi andò a cercare il riccio Ferdi. In due era molto più bello fare i matti! Ah, eccolo là in fondo, il suo amico, era già a metà della collina. Quax ebbe un'idea. Sistemò il carretto davanti allo scivolo, un po' di sbieco, poi scivolò e con il carretto rotolò giù dalla collina. Il carretto andava sempre più veloce. «Riccio Ferdi!» lo chiamò Quax. «Allarga le braccia!»

Il piccolo riccio non sapeva neppure che cosa stesse succedendo: stese le braccia e mentre gli passava davanti, Quax gliele prese e lo tirò dentro il carretto. Sfrecciarono giù per la collina, passarono sopra il monticello di un talpone e poi si rovesciarono di lato. «Ah ah ah!» rideva forte il ranocchio spericolato.

«Che divertente!» Poi però guardò il riccio un po' imbarazzato. «Non sarai mica arrabbiato?»

Ferdi si sfregava le spine. E sorrideva. «Neanche un pochettino» disse. «Lo facciamo di nuovo?» Perché qualche volta anche ai ricci piace andare forte.

E tu, sei mai andato forte forte qualche volta? Con la bici? Oppure in auto, o magari in treno?

Il fantasma anatroccolo

«E-e-eccolo qua!» sussurrò impaurito Pluffi. L'agnellino non aveva il coraggio di andare al parco giochi perché si diceva che nella casetta si aggirasse un fantasma. «L'ho visto benissimo. Quando sono arrivato, svolazzava tutto attorno.» Pluffi si nascose dietro la grossa schiena di Bono. Che fortuna avere per amico un orso così forte!

Bono guardò la casetta: sapeva benissimo che i fantasmi non esistono. Ma se il suo amico aveva visto qualcosa, allora là dentro qualcosa doveva esserci per forza! Stava giusto per entrare nella casetta quando svolazzò fuori qualcuno. «Aaaah!» strillò Pluffi spaventato. «Dove *sc*ei?» tuonò una voce nasale dall'interno della casetta.

«Aiuto, parla!» sussurrò Pluffi inorridito e si nascose ancora di più. L'orsetto prese un bel respiro e fece un passo avanti: adesso lo avrebbe acchiappato lui, quel brutto fantasma. Che vergogna, spaventare così il suo amico! «Ehi, tu, vieni fuori, altrimenti entro io!» disse Bono a gran voce. Il fantasma si chinò in avanti: aveva la testa di Antonia! «Ma che cosa ci fai qui?» le chiese Bono stupito. «*Sc*to cu*sc*endo un co*sc*tume di carnevale» spiegò l'anatroccola. Teneva un ago nel becco, ecco perché biascicava. «Un co*sc*tume da fanta*sc*ma.»

L'orsetto Bono scoppiò a ridere. Adesso anche Pluffi ebbe il coraggio di venire avanti. «Santo cielo, Antonia, mi hai fatto una paura!» sospirò sollevato.

Antonia era contenta. Si tolse l'ago dal becco e disse allegra: «Allora sono sicura di avere fatto proprio il costume che ci voleva!»

Stringi un cucchiaio fra i denti e cerca di parlare: riesci a farti capire?

Un maialino che non si arrende mai

Fips avanzava tra l'erba alta verso i due alberi nel vecchio frutteto e si trascinava dietro un grosso fazzoletto che aveva trovato nella rimessa del contadino. E dato che un maialino sa essere un animale scaltro, Fips aveva capito subito che cos'avrebbe potuto farne. Lo avvolse attorno al tronco di un albero di mele e strinse un grosso nodo. Poi annodò anche l'altro capo all'altro albero e fece un altro bel nodo. «E *oplà*, sull'amaca!» grugnì entusiasta. Con un salto fu sopra e… fece una bella capriola e atterrò con un gran *patapunf!* Si rialzò sfregandosi il sedere. «Ehi, aspetta!» Il maialino tenne stretto il fazzoletto con una mano e cercò di salire con una zampa. Ma quando provò a sdraiarsi, fece due giri e ripiombò a terra. «Ahia!» grugnì stizzito. Si arrampicava, saltava, prendeva lo slancio e si girava, rotolava, ruzzolava e cadeva giù… e ogni volta finiva di nuovo per terra. A un tratto sentì un cinguettio. «Fai piano!» Sull'albero se ne stava seduto un passerotto che canterellava a Fips. Il maialino annuì, poi aprì lentamente il fazzoletto e ci appoggiò il sedere. Sempre più lentamente, tirò su le zampe e poi le braccia e la testa e… «Ce l'ho fatta!» gridò felice. Con un sospiro, Fips chiuse gli occhi e si mise ad ascoltare la canzone del passerottino quando *tump!* gli cadde qualcosa sulla testa. «Ahi!» Fips riaprì gli occhi: sulla sua pancia c'era una bella mela rossa. Fips si mise a ridere. «Fantastico! Qui il pranzo ti cade dritto in bocca!» Un maialino come lui è sempre fortunato! O almeno, quasi sempre! Tu dove preferisci dormire? Sull'amaca? O nel tuo letto?

Una stupida altalena di cacca

Quax arrivò tutto orgoglioso sull'aia. «Guarda un po' qua che cosa mi hanno regalato, Fips» gridò. Con un grande sforzo, tirava dietro di sé un vecchio carretto tutto rotto. Fips girò la testa, poi ricominciò a sgranocchiare la carota che gli aveva appena regalato il contadino. «Un rottame. E che cosa ce ne facciamo? E poi sull'aia di carretti ce ne sono già due!» Quax gracidò tutto eccitato: «Lo so anch'io, ma con questo potremmo costruire qualcos'altro!» Adesso il maialino si girò curioso. «E che cosa?»

Il ranocchio ci pensò su. «Una zattera? Un castello feudale? La carrozza di una principessa? Un…» Fips grugnì. Gli era venuta una bellissima idea! «Un'altalena a forma di nave!» gridò entusiasta. Quax fu subito d'accordo. «Ma dove possiamo appenderla?» rifletté. «Dietro il fienile c'è una vecchia altalena che non usa più nessuno» suggerì Fips. «La stacchiamo dalla catena e al suo posto ci attacchiamo la nostra altalena nuova!» Subito corsero alla vecchia rimessa per cercare gli attrezzi: sega, martello, chiodi, corda, tenaglie. Per prima cosa segarono e smontarono il carretto, poi presero i vari pezzi e li rimisero insieme. Appoggiarono alcune tavole le une vicine alle altre e ce ne inchiodarono sopra due. Ai lati assicurarono delle lunghe stecche perché nessuno rischiasse di cadere. Poi inchiodarono tutto, lo legarono e lo annodarono. Alla fine avevano davvero costruito un'altalena a forma di nave, anche se molto semplice. Forse era piuttosto un'altalena a forma di zattera. «Però l'abbiamo fatta tutta da soli!» Quax era strafelice. Legarono l'altalena nuova alla catena, ma continuava a ribaltarsi. «Ci servono quattro catene» disse Quax. Però non ne avevano più. E adesso? «Le due corde della vecchia altalena sull'albero» gridò Quax e subito partì in quarta per andare a recuperarle. E così annodarono ben bene le corde: funzionava davvero! «Vai prima tu che sei più leggero» disse Fips a Quax. Il ranocchio annuì e salì con qualche cautela. «Tiene!» disse contento. Poi salì anche Fips. L'altalena scricchiolò un attimo, ma poi il maialino si sedette.

«Si va!» gridò Fips. E incominciarono a dondolare. Sempre più in alto! Il maialino

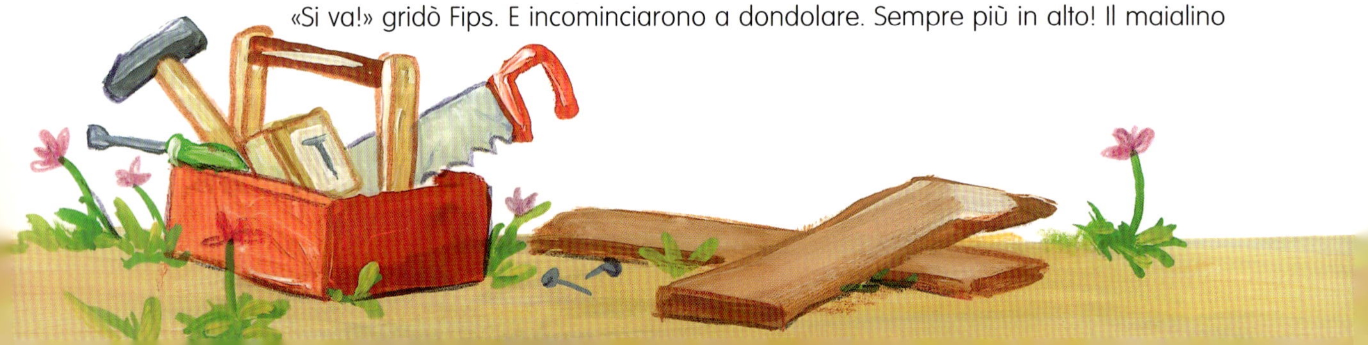

dava la spinta, il ranocchio lo incitava: «Avanti, Fips, più in alto! Ancora, ancora!» Ma all'improvviso, nel bel mezzo del gioco, il fondo si ruppe, Fips e Quax ci passarono in mezzo… e atterrarono su un mucchio di morbido letame.

«Ih ih ih!» rise Fips. «Adesso è un'altalena di cacca!» E Quax ridacchiò: «Sì, davvero una stupida altalena di cacca!»

Sempre ridendo, strisciarono fuori dal mucchio di letame. «Non ci avevamo messo abbastanza chiodi» disse Fips.

Quax sorrise. «Fa lo stesso, domani ci faremo qualcosa di nuovo. Magari una fionda.» E corse al fiume a lavarsi.

«Sì, esatto» gridò Fips mentre gli correva dietro. «E poi ti butto di nuovo nella cacca!»

Ma prima dovevano lavarsi ben bene tutti e due, ci volle un bel po' perché da un maialino di cacca potesse uscire un maialino normale e da un ranocchio di cacca un ranocchio normale.

E tu, ti sei mai ritrovato sporco così? Di sabbia o di fango o di cacca? Quando è stato?

Pecora tonta e orsetto sciocco

L'orsetto Bono e Pluffi avevano bisticciato. Era stato davvero brutto. Succedeva molto di rado, e proprio per questo tutti e due erano particolarmente tristi. Bono stava seduto su un lato del ponte e Pluffi sull'altro e si davano la schiena. «Orsetto sciocco» borbottava l'agnellino fra sé. «Pecora tonta» brontolava a sua volta l'orsetto. Il buffo era che Pluffi voleva attraversare il ponte per andare a trovare la nonna, e Bono voleva attraversarlo per andare a fare la spesa: doveva comprarsi una corda nuova. Però nessuno dei due voleva passare davanti all'altro, perciò se ne rimasero seduti per tutto il giorno sul ponte a borbottare fra sé. Quando pian piano sul fiume calò il crepuscolo, Pluffi era così stanco che a un certo punto cadde addormentato. Bono si voltò e scoppiò in una grossissima risata: mentre dormiva, Pluffi si girava continuamente di qua e di là. Alla fine rotolò dal ponte e finì sull'erba. Bono rise ancora di più. Poi andò da lui, lo sollevò e lo tirò indietro dalla riva perché non cadesse dritto in acqua. Allora Pluffi aprì gli occhi. «Che stai facendo?» chiese confuso quando si rese conto che Bono lo stava tenendo in braccio. L'orsetto sorrise. «Ti sto portando in salvo.» Pluffi lo guardò diffidente. «Sei ancora arrabbiato con me?» «Oh, no, altrimenti non ti avrei mica salvato» rispose Bono. L'agnellino ci pensò su: gli sembrava giusto. «Ma poi, perché abbiamo bisticciato?» chiese. Bono si strinse nelle spalle. «Non ne ho idea. Adesso andiamo insieme a fare la spesa?» Pluffi annuì.

«E poi andiamo a trovare mia nonna.» E così fecero la pace e dimenticarono il bisticcio: è così che si fa tra buoni amici.

E a te capita di bisticciare? Con chi? E che cosa dici per fare la pace?

Toc toc! Chi è che bussa?

Antonia fu svegliata bruscamente. «Ehi, Antonia, non vorrai mica dormire sempre» brontolò l'agnellino. «Guarda un po' qua che cosa ho scoperto!» Antonia si stava riposando nella casetta del parco giochi. Ora uscì e si guardò attorno, ma vide solo una vecchia mela. «Sei venuto a farmi vedere una mela?» starnazzò offesa, e fece per ritornarsene nella casetta. «Aspetta!» le gridò Pluffi. «Ascolta!» Antonia si mise in ascolto. «*Toc, toc!*» Qualcuno bussava! «Sarà di sicuro un picchio» disse l'anatroccola. Ma l'agnellino scosse il capo riccioluto. «No, viene da dentro la mela!»

«*Toc, toc!*» «I vermi non bussano mica» spiegò l'agnellino. «Se adesso apro la mela, ho paura che quello che c'è dentro si rompa. Non ho il coraggio di toccarlo.» Antonia annuì. Non potevano fare altro che aspettare. Ci volle un bel po', ma alla fine la mela incominciò a dondolare. E poi… poi sotto di lei spuntò una montagna marrone! E dalla montagna sbucò un musetto che fece rotolare giù la mela. «Oh, ma eri tu, Bertram?» domandò Pluffi stupito. «Certo, e chi se no?» Bertram alzò le zampette e le picchiò fra loro. «*Toc, toc!*» Antonia rise. «Credevamo che qualcuno bussasse da dentro la mela!» Allora anche Bertram sorrise. «No, sono io che batto le pale ogni tanto per tenerle pulite. E poi ci si può accompagnare con delle belle canzoni, state a sentire!» E il talpone incominciò a cantare una canzone così rockeggiante che Antonia e Pluffi rimasero ancora più stupiti. «Ma sei un vero musicista!» Chi lo avrebbe mai immaginato!

Picchia i palmi delle mani sul tavolo, poi i pugni e poi le dita: sembri proprio un bel tamburo!

Nessuno bofonchia come il riccio Ferdi

Quax, Antonia e il riccio Ferdi si erano dati appuntamento sulla riva del fiume per fare delle prove. Volevano cantare una canzone all'orsetto Bono per il suo compleanno. Quax e Antonia cantavano: «*Tanti auguri quak quak, tanti auguri quak quak! Tanti auguri orsetto Bono, tanti auguri quak quak!*» Era divertente! Il riccio Ferdi bofonchiava piano, ma il ranocchio non era soddisfatto. «Devi cantare più forte, Ferdi!» gli diceva. «E anche più chiaramente. Il tuo "*quak quak*" non si sente per niente!» Il riccio Ferdi si schiarì la voce. «Ma io non so mica starnazzare bene, in fondo sono un riccio!» L'anatroccola voleva aiutarlo. «Allora fai il verso dei ricci. Che cosa fanno i ricci?» Il riccio Ferdi rise. «Bofonchiano e ringhiano. Proprio come canto io.» Quax e Antonia risero. «Va bene, allora non cantiamo allo stesso modo. Succede anche nei cori. Qualcuno ha la voce bassa e qualcuno acuta. Tu sarai il basso.» Provarono ancora una volta, e ora erano contenti. Il riccio Ferdi bofonchiò più forte che poteva, bofonchiò talmente che tutte le sue spine vibrarono. Il riccio tremava! Ferdi si avvicinò al fiume sempre di più, e prima che se ne accorgesse, la terra gli mancò sotto i piedi e scivolò bofonchiando nell'acqua. In superficie salirono delle bolle. «Lo sento ancora bofonchiare» sussurrò Antonia. Poi il riccio Ferdi si issò fuori dall'acqua. «Ehi, riccio Ferdi, bofonchi così forte che sembri un terremoto» lo ammirò Antonia. Tutti risero. E si rallegrarono del loro concerto per l'orsetto Bono: di sicuro per il suo compleanno non aveva mai ricevuto una serenata come quella! E tu, sai bofonchiare una canzone di compleanno? Ma guarda di non cadere come ha fatto il riccio Ferdi!

Vola, maialino, vola!

L'orsetto Bono se ne stava disteso fra i ranuncoli al parco giochi e dormiva. Si era messo un ranuncolo sul naso perché aveva un buon profumo, e ogni volta che russava, il fiore saliva un pochettino per aria. Era davvero buffo a vedersi e Fips ridacchiava.

Il maialino era in vena di scherzi. Aveva cercato una corda sottile e ne aveva legato con cura un capo attorno alla zampa dell'orsetto Bono, mentre l'altro lo teneva in mano. Poi corse a nascondersi nella casetta continuando a ridere divertito. Quindi tirò pian piano la corda, ma non successe niente. La tirò un po' di più, e Bono agitò le dita del piede come per scacciare una mosca fastidiosa. Adesso Fips tirò ancora più forte e gli fece dondolare tutto il piede. L'orsetto sussultò, ringhiò piano e poi si mise a correre spaventato. Lui però non sapeva che Fips stringeva ancora il capo della corda! E un orsetto come Bono è molto forte! Scappò via e trascinò il maialino fuori dalla finestra della casetta. Il maialino fece un bel volo per aria e atterrò sull'erba morbida. Solo allora Fips lasciò andare la corda. E poi rise. E rise e rise ancora, tanto che gli tremava tutta la pancia.

L'orsetto Bono tornò di corsa. «Sei stato tu a legarmi una corda attorno alla zampa?» Fips non riuscì a rispondere tanto rideva. E allora anche l'orsetto Bono scoppiò a ridere. Si buttò sull'erba e fece il solletico al maialino finché questi non si mise a ridere.

«È stato uno scherzo divertentissimo!» grugnì infine. Sì, anche Bono dovette riconoscerlo, era stato davvero divertente. E tu, hai mai fatto uno scherzo a qualcuno? Oppure qualcuno lo ha fatto a te?

Un succo di mela per Antonia

Antonia svolazzò allegra nel giardino del riccio Ferdi. «Ciao, riccio Ferdi! Posso mica aiutarti?» Il riccio fu molto contento. «Sì, certo, mia cara anatroccola. Avresti voglia di raccogliere le carote?» Antonia saltellò subito nell'aiuola delle carote e incominciò a tirare le verdure con il becco. Una dietro l'altra, tutte le carote finirono nel cestino. «Ho finito!» gridò poco dopo. Ma dato che Ferdi era appena sparito dietro la casa e lei non sapeva che cosa fare, Antonia decise di schiacciare un pisolino. Si cercò un posticino adatto: vicino al grosso albero c'era un'enorme vecchia cassetta della frutta. Com'era comoda! Antonia ci si accoccolò dentro. Mmm, ma che buon profumino di mele! In un baleno si era addormentata. Ma a un tratto, *patapunf patapunfete,* sulla testa le rotolarono un mucchio di mele. «*Quak quak quaquaquak!*» starnazzò Antonia indignata guardando fuori dalla cassetta. Il riccio Ferdi stava tornando di corsa verso casa con un sacco vuoto. «Antonia? Ma che cosa ci fai in mezzo alle mie mele?» L'anatroccola svolazzò fuori. «Volevo solo farmi un riposino» brontolò arrabbiata. «E tu mi rovesci un sacco pieno di mele sulla testa?» Adesso Ferdi comprese: l'anatroccola si era stesa dentro la cassetta. Gli scappò da ridere. «Perdonami, mia cara Antonia» le disse. «Non ti avevo visto. Sono le mele che mi servono per fare il succo di mela. Se mi aiuti te ne regalo una bottiglia.»

Va be', Antonia non era più arrabbiata, perché il succo di mela le piaceva moltissimo! Addentò con foga una mela. «Sarà un succo buonissimo!» disse tutta contenta. Poi seguì ciondolando il riccio Ferdi per aiutarlo a fare il succo.

E tu, quali succhi hai assaggiato? Di mela o di arancia? O magari addirittura di pomodoro?

Quax ha vinto!

«Vieni, dobbiamo esercitarci!» disse Quax tutto eccitato. «Domani c'è la gara dei carri e voglio assolutamente vincere!» Pluffi annuì. Era già la sesta volta che spingeva il carretto modificato in cima alla collina. Per Quax il carro era troppo pesante, perciò doveva spingerlo tutto da solo. Il ranocchio invece teneva saldamente in mano il volante che ci avevano avvitato sul davanti al posto della lunga stanga. Quando arrivarono in cima, l'agnellino salì a bordo. «Avanti, si va!» gracidò entusiasta il piccolo ranocchio. E volarono giù per la collina. Quax si voltò. «È divertente, vero?» Pluffi annuì. Poi gridò: «Fa' attenzione, guarda davanti, devi sterzare! Sterza!» Troppo tardi: il carretto puntò dritto contro un grosso albero. A un tratto una delle ruote si impigliò in una radice e *sbam*! si ribaltarono con uno scricchiolio tremendo. Il ranocchio e l'agnellino rotolarono fuori. «Tutto bene?» chiese Pluffi preoccupato. Quax annuì. Il ranocchio guardò i rottami del carretto. «Peccato, domani volevo proprio vincere!» Pluffi gli fece una carezza sulla testa per consolarlo. «Non essere triste, lo posso aggiustare!»

Quax lo guardò stupito. «Davvero?» Pluffi annuì. Andarono a prendere gli attrezzi e i chiodi, poi l'agnellino si mise d'impegno ad avvitare e martellare per tutto il pomeriggio. E finalmente la sera il carretto era pronto.

«È molto più bello di quello vecchio!» esclamò Quax felice. Sul davanti Pluffi aveva inchiodato una bella punta e poi aveva dipinto tutto a colori vivaci. «Grazie, domani vincerò di sicuro!» E fu proprio così: nella gara dei carri Quax non fu il più veloce, però ricevette un premio per il carro più bello!

E tu, come lo vorresti il tuo carretto? Fa' un bel disegno e incollaci dentro una tua foto!

Ricci stanchi e orsetti morbidi

Quando in una ventosa giornata di novembre l'orsetto Bono e il riccio Ferdi correvano a casa dal parco giochi, dal cielo incominciarono a cadere i primi fiocchi di neve. «La neve!» si stupì il riccio. «Già oggi?» tuonò felice Bono. «La neve, che bello!» Lui adorava camminare in mezzo ai grossi fiocchi bianchi.

Mentre acchiappava tutto contento i fiocchi con la lingua, il suo amico correva in avanti. «No, no, se c'è la neve io devo stare a casa mia, nel mio letto. Noi ricci d'inverno andiamo in letargo.»

L'orsetto lo guardò preoccupato: aveva ragione! Anche gli orsetti d'inverno se ne stavano quasi sempre nelle grotte e dormivano un sacco. Come aveva potuto dimenticarlo? Guardò stupito il cielo. «Ma io non sono per niente stanco» disse.

Anche Ferdi si fermò di botto. «Che strano. Neppure io! Forse è perché nevica in anticipo. In fondo, siamo solo all'inizio dell'inverno.»

Bono annuì. Poi sorrise felice. «Che forte! E lo sai perché? Perché finalmente adesso possiamo fare insieme quello che tu conosci solo dai nostri racconti. Lo sai, andare sullo slittino e fare pupazzi di neve e così via.»

Ferdì annuì entusiasta. «Su, vieni!» Per prima cosa cercarono di acchiappare i fiocchi con le zampe. E quando la neve finalmente si posò a terra, il riccio Ferdi formò la prima palla di neve della sua vita. La lanciò e – *ciaf!* – centrò in pieno il muso di Bono. «Ehi, aspetta!» rise Bono scrollandosi di dosso la neve. Subito dopo conficcò una grossa palla di neve nelle spine del riccio. Il riccio si scrollò tutto, ma nel farlo perse l'equilibrio e rotolò giù dalla collina. «Evviva!» esclamò felice.

Anche Bono naturalmente non volle perdersi questo divertimento e rotolò subito dietro di lui. Una volta sotto, si scrollarono di dosso i fiocchi bianchi e incominciarono subito a costruire pupazzi di neve: un grossissimo riccio di neve con dei rametti come spine. E poi un piccolo orsetto polare bianco.

«La neve è forte» disse Ferdi contento. A quel punto fece un grandissimo sbadiglio.

«Sì, lo penso anch'io» mormorò Bono. A poco a poco a Ferdi si chiudevano gli

occhi. «Anche tu sei così stanco?» Subito dopo sbadigliò tre volte di fila. «Credo che per te sia proprio ora di andare in letargo» disse Bono. Il riccio gemette. «Uff, ma la mia casa è ancora così lontana!» Bono prese Ferdi fra le braccia. «Sai una cosa? Ti porto in braccio da me. Possiamo dormire uno vicino all'altro, staremo belli comodi e al calduccio.» Ferdi sorrise soddisfatto. L'orsetto non era ancora arrivato a casa che il suo amico era già addormentato nella sua morbida pelliccia. Bono avanzò sotto i grossi fiocchi di neve finché non arrivò alla sua comoda grotta. Lì dentro c'era un grosso lettone morbido e lui ci posò sopra dolcemente il riccio Ferdi, che subito si accoccolò sotto il cuscino. E prima ancora che Bono avesse avuto il tempo di stendersi a sua volta, sentì che il suo piccolo amico già russava. L'orsetto sorrise. Durante il letargo di tanto in tanto si sarebbe svegliato e avrebbe tenuto d'occhio il piccolo riccio. Coprì Ferdi con un morbido fazzoletto e lo accarezzò ancora una volta sulle spine lisce. «Sogni d'oro, mio caro riccio» mormorò. E poi anche Bono si addormentò. E tutti quelli che passavano davanti alla grotta sentivano i due russare forte! Tu lo sai quali animali vanno in letargo durante l'inverno?

Di topi e di gatti e di acqua

Fips era in riva al fiume davanti al suo cavalletto e dipingeva. Ritraeva il fiume, gli alberi e una mela mezza marcia. E dipingeva anche quello che stava passando nel fiume: un ranocchio, un ramo, un carretto... Fips si sporse in avanti per guardare meglio. «Un carretto?» esclamò sbalordito. Sì, proprio così! Fips entrò in acqua e lo tirò fuori. «Strano, ma da dove verrà?» Poi sentì uno squittio sommesso e il piccolo maialino si mise in ascolto. Era uno squittio eccitato. «Aiuto, *squit*!» Fips guardò l'acqua: aggrappato a un minuscolo rametto nuotava un topo. «Ma è Minna!» esclamò Fips e l'acchiappò al volo. Poi la posò delicatamente sulla riva. «Che cosa ti è successo, Minna?» La topolina singhiozzò. «Il gatto mi ha spaventato» piagnucolò lei. «Volevo andare a raccogliere nocciole con il mio carretto, e all'improvviso l'ho visto vicino a me. Sono subito saltata di lato... ma sono caduta in acqua. So nuotare, ma oggi l'acqua scorre troppo forte!» Fips annuì e accarezzò Minna sul pelo umido. «Aspetta qui» grugnì piano e subito corse via. Quando fu di ritorno, sorrideva. «Che c'è?» gli chiese Minna.

«Sta' un po' a guardare!» rise Fips. Minna si voltò: verso di loro nuotava il gatto, e ansimava forte. Si aggrappò veloce all'erba della riva e sgattaiolò sull'altro lato del fiume bofonchiando stizzito fra sé.

Il maialino ghignò birichino. «Non l'ho spinto io, sono semplicemente sbucato all'improvviso fuori dall'erba e mi sono messo a grugnire!» disse. E Minna scoppiò nella sua graziosa risata da topolina. E rise e rise, così tanto che in breve dimenticò quel grande spavento.

E tu, hai mai visto niente di strano nel fiume o nel lago? Magari una scarpa, una tanica o qualcosa d'altro?

Con Antonia si sta sempre meglio!

Quando Pluffi arrivò da Antonia, la trovò seduta immobile sotto l'albero. «Ehi, Antonia, che stai facendo?» gridò Pluffi. L'anatroccola si voltò a guardarlo. «Ssst!» fece. «Ho trovato un piccolo pulcino, un anatroccolino. E adesso devo badare a lui finché non tornerà la sua mamma.»

In quel momento passò di lì anche Quax. «Chi ha perso la sua mamma?» Antonia alzò piano una delle sue ali: sotto c'era un anatroccolino che tremava tutto e la guardava spaventato. «Oh!» esclamò Quax. «Vado subito a chiedere dappertutto se qualcuno ne sa qualcosa!» E il ranocchio scappò via. Antonia sospirò. «Questo piccolino ha così freddo! Neppure le mie piume lo scaldano abbastanza.» Pluffi mormorò: «Di sicuro perché non è con la sua mamma. Ora gli canterò qualcosa.» L'agnellino incominciò a cantare piano: «*Ninna nanna, bel pulcino, dormi dormi, piccolino! C'è una pecora con te, canta piano e dice bee!*» E in effetti ben presto il pulcino chiuse gli occhietti. «Bravissimo» sussurrò Antonia riabbassando dolcemente l'ala. Intanto Quax era di ritorno, e con una mamma anatroccola molto agitata. «Dov'è? Dov'è?» starnazzava. Quando Antonia alzò l'ala, la mamma prese subito il suo pulcino fra le braccia. «*Quak, quak!*» starnazzò tutta contenta. «Grazie mille» sussurrò mamma anatroccola. «Siete stati molto gentili a prendervi cura del mio piccolino.» Quando andò via, gli amici salutarono l'anatroccolino. «Con la mamma si sta sempre meglio» disse Antonia. «Ma anche con te!» esclamò Quax. Allora Antonia scoppiò a ridere e prese dalla sua stalla una buonissima torta di more. Infatti era proprio per questo che aveva invitato Quax e Pluffi da lei!

Gnam gnam, la torta! Squisita!

Qual è la tua torta preferita? Magari potresti provare a cucinarne subito una con i tuoi genitori!

L'orsetto Bono è un eroe

L'orsetto Bono e il riccio Ferdi giocavano a scacchi: si tratta di un gioco per tipi tranquilli e silenziosi, che amano riflettere, proprio come Bono e Ferdi. Andavano a sedersi spesso al parco giochi e sprofondavano nella loro partita. Questa volta andarono avanti tanto a lungo che a un certo punto al riccio venne una fame tremenda e decise di andare a prendere la mela che aveva sul carretto. Per sbaglio però lo urtò con il braccio e quello incominciò a rotolare via! Rotolava sempre più veloce, stava per precipitare giù dalla collina! «Oh, no!» urlò il riccio Ferdi. Bono lo guardò senza capire. «Perché urli così?» Ferdi gli indicò col dito. «Il mio carretto!» L'orsetto balzò su spaventato: sapeva quanto fosse importante quel carretto per il riccio. Guai se si fosse rotto! Corse giù dalla collina con tutta la velocità che gli consentivano le sue zampe da orso. Poco prima che il carretto urtasse un grosso sasso, l'orsetto lo tirò da una parte e cadde con lui sull'erba. «La mia mela!» gridò il riccio Ferdi. La mela era volata via dal carretto, ma Bono allungò il collo e l'acchiappò con la bocca!

«Evviva!» si rallegrò il riccio. Bono rise, si alzò e risalì la collina.

«Sei stato bravissimo!» esclamò felice il riccio Ferdi. Per sicurezza, Bono mise un sasso dietro le ruote del carretto e porse la mela all'amico.

«No» rifiutò il piccolo riccio. «Tienila tu.» L'orsetto ne fu molto contento. E dopo vinse anche la partita a scacchi. Non è che magari il riccio Ferdi lo aveva lasciato vincere?

Fai una partita con un grande, magari a "Memory", e aiutalo un po' in modo che una volta tanto riesca a batterti!

Uno, due, tre, via la porcheria!

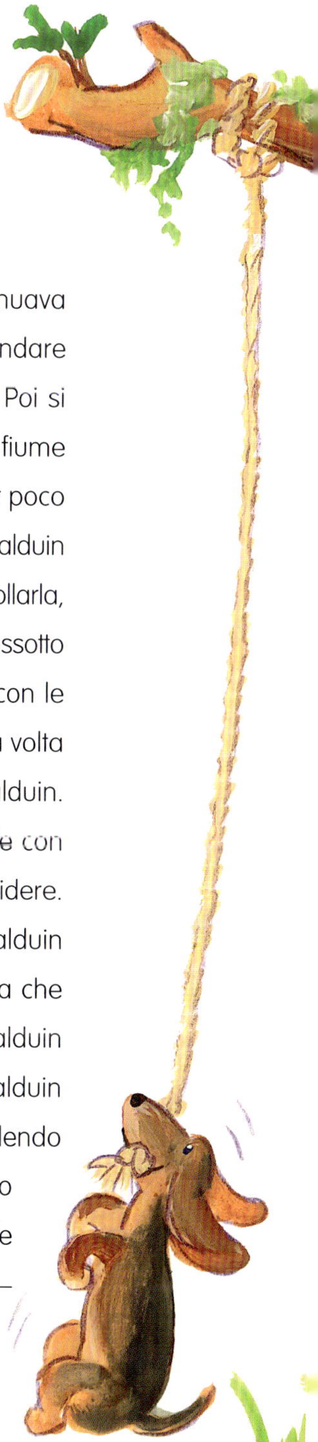

Quel giorno Fips aveva legato una lunga corda a un albero vicino al fiume; continuava ad aggrapparcisi, a prendere slancio e a entrare nell'acqua. Lì la lasciava andare e atterrava nel fiume con un grosso *ciaf!* «Iuuuh!» strillava felice il maialino. Poi si arrampicava fuori e ricominciava da capo. Quei versi così allegri attirarono al fiume il bassotto Balduin. Il terreno tutto attorno era talmente zuppo d'acqua che per poco non scivolò sul fango dentro il fiume. «Vieni a giocare con me!» lo chiamò Fips. Balduin latrò entusiasta e subito afferrò la corda tra i denti. Si lasciò calare, ma non volle mollarla, così rimase a penzolare avanti e indietro. Il maialino diede un'altra bella spinta al bassotto e poi urlò: «Ora lasciati andare!» Balduin aprì la bocca e rotolò in acqua. Poi con le sue zampette da bassotto risalì a riva. «Che forte!» sbruffò. Fips si tuffò un'altra volta nel fiume. Ora però voleva dondolarsi proprio come aveva fatto prima Balduin. Purtroppo, però, lasciò andare la corda nel momento sbagliato, e così cadde con un grosso *ciaf!* non nell'acqua, bensì nel fango! Balduin e Fips scoppiarono a ridere. Erano tutti ricoperti da capo a piedi di macchioline marroni. Fips si alzò e Balduin rise ancora di più: anche il maialino aveva il sedere pieno di fango! «Sembra che qualcuno ti abbia disegnato una cacca a forma di mela sul sedere!» ringhiò Balduin ridacchiando. Allora Fips gli gettò contro un grumo di fango. Adesso anche Balduin era tutto marrone. Continuarono la loro battaglia di fango e alla fine caddero ridendo in acqua. «Uno, due, tre, via la porcheria!» esclamò Fips. E in un attimo erano tutti e due belli puliti! Se stai nella vasca da bagno, puoi dipingerti macchie sulle braccia e sulla pancia con la saponetta o con il bagnoschiuma e poi – *wrrum!* – lavartele via!

Munnin è proprio un corvo fortunato!

Quando quella mattina Quax andò da Pluffi, trovò l'agnellino seduto sull'erba con il corvo Munnin. «Che cos'avete?» chiese Quax curioso. «Ho trovato una mappa del tesoro!» gridò Munnin eccitato. Il ranocchio studiò la mappa. Sopra c'era disegnato un fiume, e vicino un grosso albero e una montagna. E in mezzo al monte era disegnata una croce. «Dove c'è la croce ci sta sempre il tesoro» Munnin ne era certo. Quax annuì e si mise a saltellare in aria. «Ci sono! Questa non è una montagna, è il grosso masso vicino alla vecchia quercia!» I tre corsero alla quercia più in fretta che potevano, e scostarono la pietra da una parte. Stavano per cominciare a scavare una buca quando dalla terra spuntò il muso del talpone Bertram. «Che cos'è questo baccano?» chiese. «E dove avete messo la pietra che copriva il mio salotto?» Munnin lo guardò. «Qui c'è il tuo salotto?» Bertram annuì. «Credevamo che ci fosse sepolto un tesoro» spiegò Quax. «Sì, in effetti quando ho scavato il mio salotto, in terra ho trovato tanti vecchi talleri. Li ho già puliti e li ho appesi come quadri. Guardate!» Si scostò di lato perché gli altri potessero vedere: alle pareti erano appese tante monete luccicanti. «Oh, Bertram!» rise Quax. «Hai davvero trovato un bel tesoro!» Bertram era soddisfatto. «Ho ancora alcune monete in cantina, ve le regalo!» Sparì e tornò poco dopo con un fazzoletto pieno di talleri d'oro.

Il corvo Munnin era felice. «Ora abbiamo trovato davvero un tesoro: sono proprio un corvo fortunato!»

E tu, hai mai trovato qualcosa? Che cosa?

Due più due fa tre?

Sotto il vecchio albero di pere, Fips e Bono cercavano di insegnare ad Antonia a fare le operazioni. L'anatroccola se ne stava seduta sull'erba e guardava le pere sopra di lei. L'orsetto Bono scrisse sulla sabbia un grosso numero. «Questo è un due» spiegò ad Antonia. «Sei capace a contare fino a due, giusto?» Antonia starnazzò offesa. «Certo: uno, due.» L'orsetto sorrise. «Ottimo! Guarda, là sopra sono appese due pere.» L'anatroccolina annuì. Ora Fips indicò con il bastone altre due pere. «E qui ce ne sono altre due.» Antonia annuì di nuovo. «E tutte le pere insieme fanno quattro» concluse Bono. Antonia ci pensò un po' su. «No, le pere sono sempre due» disse. «Due volte due pere.» Fips ridacchiò. «Hai ragione» disse. Bono scosse il capo. «No. Cioè, sì. Però, no. Vuoi imparare a fare i conti oppure no?» Certo che Antonia voleva imparare! Ma più Bono parlava, più le girava la testa. Bono scribacchiava continuamente sulla sabbia. A un certo punto il maialino si addormentò. E anche Antonia sbadigliava. A un tratto sull'erba vicino a lei cadde una pera. L'anatroccola se la mangiò e quando ebbe finito, l'orsetto stava ancora scribacchiando sulla sabbia. «Adesso hai capito?» chiese alla fine. «Sì, ci sono tre pere. Una volta due e una volta una.» «No!» gridò l'orsetto Bono. «Ma non impari mai!» Antonia sorrise. «Sì, io sto attenta. Guarda!» E indicò le pere sull'albero. Bono si stupì: ma come, ai rami erano appese davvero solo tre pere! Allora due più due faceva tre? Oppure quattro meno una pera scomparsa? Rimuginò e riprese a scrivere. Antonia rise piano e si accoccolò vicino al maialino addormentato. Per quel giorno aveva contato abbastanza!

E tu, sai già fare le operazioni? Metti davanti a te quattro blocchi da costruzione, poi togline due: quanti ne sono rimasti? Ottimo, allora le operazioni le sai davvero fare benissimo!

Munnin è un vero amico!

L'agnellino se ne stava seduto nella sabbia al parco giochi. Davanti a lui strisciavano dei lombrichi che giocavano con Pluffi a indovinare le figure. «Cuore!» disse l'agnellino quando due di loro si disposero proprio a forma di cuore. «E poi: «Stella! Scarpa!» I lombrichi si disposero perfino a forma di carretto! A quel punto, Pluffi non si trattenne e scoppiò a ridere. D'un tratto sentì un gracchio. «Presto, nascondetevi!» sussurrò Pluffi. I lombrichi strisciarono subito via, per lo più si nascosero sotto terra, ma due si ficcarono nella mela che stava per terra davanti a Pluffi. Il corvo Munnin arrivò in volo. «Ehilà, Pluffi!» gracchiò. Poi vide la mela. «Oh, non è che potremmo fare a metà? Ho così tanta fame!» L'agnellino scosse il capo. «No.» Munnin lo guardò stupito. «Ma noi facciamo sempre a metà!» Pluffi annuì piano. «Oggi non posso» disse alla fine. Il corvo Munnin era molto triste. Quando l'agnellino se ne accorse, gli disse: «Lì dentro ci sono i miei amici». Munnin chinò la testa di lato. «Nella mela?» Pluffi annuì di nuovo e Munnin rise. «Ah, ma stai parlando dei lombrichi?» e becchettò piano Pluffi sul mantello. «Accipicchia, Pluffi, guarda che non voglio mica mangiare i tuoi amici.» Pluffi lo guardò stupito. «Dici davvero?» Munnin gonfiò tutte le piume. «Certo che no!» Poi ci pensò su. «Però loro non potrebbero strisciare per terra così noi ci possiamo mangiare la mela?» L'agnellino rise e subito scacciò i lombrichi, poi divise la mela in due metà uguali. «Sei proprio un buon amico!» esclamò Pluffi. Munnin si limitò ad annuire, perché aveva tutto il becco pieno di mela!

Fai un bel disegno con tante mele… e tanti piccoli lombrichi che spuntano fuori sorridenti!

Quax ne inventa sempre una nuova

Quax scorse il riccio Ferdi nell'erba alta vicino al fiume. «Ehi, Ferdi, hai voglia di giocare con me a gettare sassolini?» Il riccio scosse il capo. «Mi spiace, ma non posso» spiegò. «Fra poco arriva la stagione del letargo, perciò devo mettere su ancora un po' di grasso. Dall'altra parte del fiume adesso ci sono dei lamponi buonissimi, questa sera me li voglio proprio mangiare.» Il ranocchio si offese. «Ma puoi andare a prenderli più tardi, ti aiuterò anch'io.» Il riccio Ferdi sospirò. «Sei gentile, ma non è per raccoglierli che ci vuole tanto, è la strada che è lunga: prima devo andare fino al ponte laggiù in fondo e poi attraversare dall'altra parte.» Quax ci pensò su. «Ma puoi andarci a nuoto!» Il riccio scosse il capo. «Non lo vedi come scorre veloce oggi il fiume? E io non sono capace di risalire la corrente.» Ma naturalmente Quax ebbe un'altra idea. «Aspetta» gli gridò. Saltò fra le canne e ne uscì con una lunga corda. Poi con tre balzelloni giganteschi saltò su due sassi e arrivò sull'altra riva del fiume. Legò la corda a un albero, in men che non si dica fu di ritorno e porse al riccio Ferdi l'altro capo della corda. «Tieniti forte. Dall'altra parte ti tiro fuori io.» Il riccio Ferdi guardò la corda un po' perplesso, ma poi annuì. Afferrò la corda ed entrò in acqua. Quax saltellò di nuovo sull'altra riva e tirò a sé il suo amico. «Fatto!» esclamò tutto contento. «Adesso andiamo a raccogliere i lamponi e poi potrai giocare con me fino al tramonto, d'accordo?» Il riccio Ferdi rise. «Sei davvero un gran furbone! Ci sto. Fino al tramonto!» In che stagione siamo adesso? Quando tramonta il sole, presto o tardi?

Voglio imparare ad andare in bici!

Quando l'orsetto Bono e il corvo Munnin andarono al parco giochi, sentirono qualcosa che sferragliava forte. Subito dopo, qualcuno gridò: «Ahia!» L'orsetto e Munnin corsero in quella direzione: sull'erba davanti allo scivolo c'era Fips, e vicino a lui c'era… una bicicletta! «Ciao, Fips» lo salutò Bono. «Ti hanno regalato una bici?» Il maialino annuì. «Sì, è stata Gloria. Lei non la voleva più, ma purtroppo io non ci so ancora andare. Tu per caso sei capace?» L'orsetto Bono annuì. Si sedette su quella bicicletta, che aveva davvero dei colori meravigliosi, e partì. Il corvo gli volava dietro. Attorno al parco giochi e giù per la collina e poi di nuovo su.

Fips li guardava invidioso. A un tratto vicino a lui sentì starnazzare. «Ciao, Fips» lo salutò Antonia. «Perché sei triste?» Fips sospirò. «Oh, perché mi hanno regalato una bicicletta, ma io non ci so andare. Bono invece sì. Ah, vorrei tanto…» L'anatroccola svolazzò da Bono e da Munnin e gli bisbigliò qualcosa nell'orecchio. L'orsetto annuì. «Vieni, maialino» disse poi. «Monta di nuovo su!» Fips risalì sul sellino e Munnin si posò sul manubrio. «Che stai facendo?» chiese Fips perplesso. Poi l'orsetto Bono si mise a spingerlo. Fips strillò spaventato, ma Bono lo tenne ben saldo e lo fece girare tutto attorno al grosso albero. Il corvo Munnin lo aiutava tenendo il manubrio. Antonia incitava il maialino a gran voce e Fips grugniva e rideva contento. «So andare in bicicletta!» gridava. E non cadde più. Un bell'inizio, non ti pare? E tu, sai già andare in bicicletta? O sul triciclo? O usi le rotelline? Bravissimo!

Un fantasma di foglie e spine

Ferdi era un riccio che amava prendersela molto comoda. Però qualche volta, be', qualche volta gli piaceva correre giù per la montagna nel suo carretto, e quello era proprio uno di quei giorni. Spinse il carretto su per la collina affacciata sul lago. Una volta arrivato in cima, mangiò in fretta una piccola mela per rifocillarsi. Poi si arrampicò nel carretto, si sporse in avanti e... *brooommm!* partì. Fiori e fili d'erba gli frusciavano a fianco, una farfalla si scostò di lato spaventata. «E vai!» gridava il riccio, e poi: «Oh, no!» perché stava filando dritto contro il tronco di un vecchio albero caduto. *Sbam!* Il carretto andò a sbattere contro l'albero. Il riccio Ferdi fu catapultato fuori... e per fortuna atterrò su un grosso e morbido mucchio di foglie. Per liberarsi dovette dimenarsi un sacco e agitare le zampette. Poi si mise a correre divertito attorno al tronco. Era stato divertente!

Davanti al suo carretto c'era il bassotto Balduin. Quando il riccio Ferdi gli si avvicinò, subito incominciò a ringhiare.

«Ma Balduin, che ti prende?» gli chiese il riccio stupito.

E Balduin smise di ringhiare all'istante. «Riccio Ferdi?» Poi scoppiò a ridere. «Sembri un cespuglio! Sì, un vero fantasma di foglie e spine! Così fai paura anche a un bassotto coraggioso come me!»

Allora Ferdi si guardò nella pozzanghera lì accanto e vide che cosa intendeva Balduin: nelle sue spine si erano impigliate tante, tantissime foglie! Sembrava davvero un fantasma di foglie e spine!

«Che forte!» gridò divertito. E poi incominciarono a staccare insieme le foglie dalle spine.

Stringi il pugno e nascondi delle foglie fra le dita: ora hai una mano-riccio con le foglie impigliate nelle spine!

Un agnellino fradicio

Quax e Pluffi giocavano al tiro alla fune. Quax stava da una parte del fiume e Pluffi dall'altra. Chi perdeva sarebbe caduto in acqua! Tiravano tutti e due con tutte le loro forze!

«Oh, issa!» gridava Quax. «Oh, issa!» gridava anche l'agnellino. Tirarono la corda finché non diventarono tutti rossi. A un certo punto a Pluffi venne voglia di starnutire. «*Eccì!*» Si distrasse un momento e... *ciaf!* finì nel fiume. Quax si mise a ridere. «Un agnellino fradicio!» esclamò. «Sei così buffo!» Anche Pluffi si mise a ridere. Poi però scivolò e il fiume se lo portò via. «Aiuto!» gridava Pluffi. «Non so nuotare tanto bene!» Per la paura, Quax non riusciva più a muoversi. Poi però per fortuna gli venne un'idea.

«Ecco, Pluffi, tieniti forte!» E lanciò nel fiume la corda che fino a poco prima avevano usato per giocare. Pluffi riuscì ad afferrarla appena in tempo, prima che il fiume lo trascinasse via. Allora Quax cercò di tirare l'agnellino a riva, ma lui era solo un piccolo ranocchio! L'agnellino era troppo pesante! Ma a un tratto sentì un forte strattone: Quax si guardò attorno e vide dietro di sé Gloria. La mucca aveva udito le loro grida ed era accorsa subito. Naturalmente Gloria era molto forte, e così in un lampo Pluffi si ritrovò in salvo.

L'agnellino si scrollò tutto. «Grazie!» sospirò.

«Di niente» muggì Gloria. In breve Pluffi stava di nuovo bene.

«Ehi, perché non giochiamo di nuovo al tiro alla fune?» propose allegro. «Tu e io insieme contro Gloria. Però è meglio se lo facciamo sul pascolo laggiù!» Erano tutti d'accordo. E indovina un po' chi vinse?

E a te piace giocare al tiro alla fune? Chi vince fra di voi?

Topi volanti

Bono, Fips, la mucca Gloria e il bassotto Balduin erano sul pascolo vicino al parco giochi e avevano steso un grosso fazzoletto colorato fra di loro. Sopra c'era il piccolo corvo Munnin. «Si va, Munnin!» lo chiamò l'orsetto. Poi Bono incominciò a contare: «Uno, due, tre!» A ogni numero agitavano il fazzoletto un po' di più, e al "tre" lanciarono in aria il piccolo corvo. «Wow!» gracchiò Munnin. Quindi fu la volta di Balduin. Un bassotto come lui è più pesante di un corvo, e gli altri dovettero scuotere il fazzoletto molto più forte. Poi riuscirono a fatica a far volare il maialino. Ma l'orsetto Bono era proprio pesante, ci riuscirono una volta soltanto. E quando fu la volta di Gloria, Munnin strillò: «No!» La mucca muggì contenta. «Benissimo, neanch'io voglio farlo.» Allora si udì uno squittio. «Io invece sì!» Era Minna, la topolina, che voleva proprio sapere come fosse volare. Si arrampicò sul fazzoletto. «Uno, due, tre!» gridò l'orsetto Bono ancora una volta. Però, dato che poco prima avevano lanciato per aria l'orsetto, che era tanto pesante, senza pensarci presero di nuovo lo stesso slancio, ma… oh, no! Era troppo per una topolina così minuscola! Minna non pesava più di una piuma e così volò su su fin quasi alle nuvole. E poi precipitò di nuovo giù… ma non finì mica sul fazzoletto, no! Bono corse di lato, si gettò in avanti e riuscì ad acchiapparla appena in tempo. Mina atterrò dolcemente fra le sue morbide zampe.

«Tutto bene?» le domandò l'orsetto preoccupato. Ma Minna aveva un sorriso che le andava da un orecchio all'altro. «Fantastico!» esclamò. «Ho volato!» E allora tutti scoppiarono a ridere sollevati. Prima di Minna, nessun topo era mai volato così in alto! Fai un disegno della topolina Minna che vola per aria!

Pluffi al salvataggio di Antonia

Pluffi stava sulla riva e guardava il fiume. Cioè, a dire il vero guardava l'anatroccola che ci nuotava dentro. Era Antonia, Pluffi l'aveva riconosciuta subito. Però lei non nuotava, si teneva stretta stretta dietro la radice di un albero che sbucava dall'acqua. Aveva la testa un po' storta fra le piume e gli occhi chiusi. E non si muoveva neanche un pochettino. «Antonia!» la chiamò l'agnellino. Ma Antonia non si mosse. «Antonia!» gridò Pluffi ancora una volta. Nessuna risposta, neppure un battito di ciglia. "C'è qualcosa che non va" pensò l'agnellino preoccupato. Di sicuro Antonia stava male! Forse si era ferita una zampa e non riusciva più a nuotare. E adesso doveva essere stanchissima… mamma mia, mamma mia, l'agnellino batteva gli zoccoli tutto ansioso.

E adesso? Che cosa doveva fare? Non è che gli agnellini sappiano nuotare tanto bene. Non si vedevano barche da nessuna parte, e Pluffi non aveva neppure una corda. Niente, lì intorno non c'era anima viva, nessuno che potesse aiutarli. Pluffi si guardò in giro: ehi, laggiù c'era un bel bastone! Lo afferrò con le due zampe anteriori e cercò di pungolare Antonia, ma il bastone ondeggiò, gli cadde di mano e finì nel fiume. "Forse Antonia ha solo bisogno di qualcosa da mangiare per rimettersi in forze" pensò allora Pluffi. Frugò tra l'erba, trovò un paio di nocciole e le buttò da Antonia,

ma ancora lei non si mosse. Poi scorse una piccola mela. Pluffi la prese, mirò e... *toc*! centrò Antonia proprio sulla coda. «*Quak quak quak!*» L'anatroccola fece un salto sull'acqua, sbatté spaventata le ali e corse a nascondersi fra le canne vicino a Pluffi. L'agnellino infilò la testa fra l'erba alta. «Antonia, ma stai bene?» chiese.

«No» sussurrò Antonia. «Qualcuno mi ha appena tirato una mela!» Pluffi scosse la testa. «Sono stato io, l'ho fatto per salvarti.» Antonia uscì dalle canne. «Per salvarmi? E perché?» Pluffi si eresse tutto orgoglioso. «Perché ti ho visto tutta afflosciata e ho pensato che se tu avessi mangiato una mela, avresti ritrovato le forze e saresti riuscita a nuotare fino a riva.» Antonia starnazzò ridacchiando. «Afflosciata? Ma stavo solo dormendo!» Adesso Pluffi era davvero sconcertato. «Riesci a nuotare anche mentre dormi? E non ti ribalti?» Antonia rise. «No, nuoto semplicemente sull'acqua. Per questo mi ero aggrappata alla radice di quell'albero, perché l'acqua non mi trascinasse via.»

Pluffi era imbarazzato. Aveva spaventato Antonia e lei stava solo dormendo! «Mi dispiace tanto» le disse mortificato. Ma Antonia si fece una bella risata. «Non fa niente, dormivo perché mi annoiavo. Ma adesso possiamo fare qualche bel gioco insieme, no? Che ne dici di giocare ad acchiappare le mele?»

L'agnellino accettò volentieri. Riempirono d'acqua un vecchio ceppo e a turno cercavano di acchiappare le mele che ci galleggiavano sopra. Pluffi fece vincere apposta Antonia perché voleva rimediare alla mela che le aveva tirato prima. Naturalmente Antonia se ne accorse, ma fu contenta lo stesso.

Metti una mela lavata in una catinella piena d'acqua: riesci a morderla senza aiutarti con le mani?

Aiuto!

Quax e Fips correvano nel parco giochi sotto la pioggia. Giocavano nel fango, saltando e scivolando. «Evviva!» gridava Fips.

A un tratto Quax esclamò: «Sta' un po' zitto» e si portò un dito alle labbra. Si sentiva un piagnucolio sommesso. «Che cos'è?» Fips aguzzò le orecchie: i maialini hanno l'udito davvero fino! Qualcuno avanzava lentamente sul viottolo di ghiaia che portava al parco giochi. Poi scorsero la topolina Minna. «Minna, ma che ti succede?» Minna tremava di freddo e si teneva le braccia strette attorno al petto. Batteva i denti e aveva il pelo tutto bagnato. «N-n-non avevo l'ombrello con me» balbettò. «Vieni, presto!» le disse Fips, e la portò dentro la torre. «Guarda, qui c'è ancora un fazzoletto dimenticato da qualcuno. È giusto giusto della tua misura!» Subito la topolina si avvolse nel fazzoletto e si sfregò ben bene finché non fu asciutta. Mentre Fips si piazzava davanti all'ingresso della torre per non far entrare la pioggia, Quax si strinse forte alla topolina cantandole piano qualcosa. «*Esci, sole gentile, splendi e illumina qui…*»

Di lì a poco Minna smise di tremare, e subito dopo anche la pioggia cessò e i primi raggi di sole solleticarono il musetto della topolina. Il ranocchio le sorrise: «Così va meglio, Minna?»

La topolina rise. «Sì, grazie a tutti!» e schioccò un bel bacione sul muso del ranocchio e su quello del maialino. «Ehi, ma avete del fango!» disse Minna, e restò a guardare ridendo mentre Quax e Fips si rotolavano sull'erba umida per pulirsi dal fango.

Prova ad andare a passeggio sotto la pioggia: vedrai che divertente! Però copriti bene o porta con te un ombrello!

La festa da ballo sul fiume

L'orsetto Bono aveva organizzato una festa da ballo sul fiume. Erano venuti anche i suoi amici: le rane pensarono alla musica e tutti ballarono. Poi Bono sussurrò qualcosa alle rane. «Questa la conoscete?» «Certo che sì» esclamarono, e attaccarono una melodia allegra. L'orsetto gridò: «E ora vai col limbo!» Il riccio Ferdi si voltò verso lo scoiattolo. «Che cos'ha detto? Un bimbo?» Lo scoiattolo scoppiò a ridere. «No, vuole fare il limbo. Guarda!» Due orsetti lavatori tenevano una corda tesa per aria. L'orsetto Bono fu il primo, si piegò sulle ginocchia e senza smettere di danzare ci passò sotto curvando la schiena all'indietro. Adesso ci provarono anche gli altri animali. Gli orsetti lavatori abbassavano la corda sempre di più. Presto per l'orsetto Bono fu troppo bassa e quando si piegò all'indietro cadde. Quando toccò a Ferdi, si chinò all'indietro... e si fermò.

«Oh, le mie spine si sono infilzate a terra!» esclamò, e scoppiò a ridere. Anche lo scoiattolo gli fece il solletico e danzando gli passò davanti sotto la corda. «Bravo!» gridarono tutti gli spettatori. «Sì, bravo!» gemette il riccio Ferdi. «Adesso però qualcuno mi potrebbe liberare?» E fra grasse risate, il riccio Ferdi venne tirato su. «Il limbo non fa proprio per me» concluse alla fine il riccio. «Però che fatica! Mi berrei volentieri una bella limonata!» E naturalmente ne ebbe subito un bel bicchierone! E tu, sei mai stato invitato a una festa (da ballo o no)? Racconta, com'è stato?

Succo di mela e marmellata

Pluffi stava al fiume davanti a un sasso. L'agnellino aveva piegato un fazzoletto a fagotto e lo picchiava ripetutamente sulla pietra. «Ehi, ma che cosa combini?» latrò il bassotto Balduin che stava facendo la sua passeggiatina serale lungo il fiume.

«Sto preparando il succo di mela» ridacchiò Pluffi. «E come?» Balduin guardò il fagotto che lentamente incominciava a prendere un aspetto umido e appiccicoso.

L'agnellino annuì. «Sta' a vedere!» Tirò indietro la testa, ci mise sopra il fagotto e aprì la bocca. Ed effettivamente dal fagotto gli sgocciolò sulla lingua un bel liquido chiaro.

Balduin abbaiò entusiasta: «Ah, ma allora nel fazzoletto ci sono delle mele! Posso provarci anch'io?» Pluffi gli tenne il fagotto sopra il muso. «Che buono!» esclamò Balduin leccandosi i baffi. «E con la polpa di mele che avanza che cosa ci fai?» Pluffi fece spallucce. «Non lo so.» Balduin accennò con la testa in direzione dell'aia. «Da noi nella rimessa ci sono molti barattoli. Potremmo cucinarci la marmellata di mele. Il maialino Fips sa di sicuro come si fa!» Presero una mela dopo l'altra e le sbatterono fino a ridurle in polpa. Per fortuna Pluffi aveva con sé tanti fazzoletti. Poi bevvero quel succo delizioso e alla fine portarono la polpa all'aia. «Succo di mela e marmellata di mele in un colpo solo: ho avuto un'idea straordinaria!» disse l'agnellino. Balduin rise: «Sì, davvero!» E tu, hai mai provato a fare la marmellata di mele in casa? Ma non come Pluffi, è meglio cuocerla in pentola!

Una scaletta per topi

La topolina Minna corse come un razzo dal suo amico ranocchio. «Quax, tu che hai sempre delle ottime idee mi potresti aiutare?»

Il ranocchio uscì saltellando dalla sua casetta di canne. «Ma certo, che ti serve?»

La topolina lo prese per mano e lo portò dall'albero. In basso, nel tronco, c'era la sua casa. «Lo sai, qui ho un nuovo amico, il passerotto. Mi viene a trovare spesso e vorrei andare anch'io a trovarlo: ma come faccio a salire in cima all'albero?» E guardò su in alto.

Anche Quax guardò in su. Oh, era davvero altissimo per un topo! «Potrei prenderti in spalla e saltare, poi una volta su dovrai aggrapparti in fretta al ramo.»

La topolina Minna tremava di paura. «Saltare fin lassù? Mai!»

Sì, in effetti anche Quax era d'accordo. Ci pensò su in fretta, poi sorrise. «Aspetta qui!» disse, e saltellò via. Dopo un po' era di ritorno: aveva portato con sé Pluffi, e l'agnellino aveva una corda lunga e spessa. L'annodarono a una delle radici sporgenti dell'albero, e poi – e questo fu difficilissimo – il ranocchio la fece passare tutto attorno all'albero. Sempre più in alto. Quax saltò sull'albero, tirò la corda e annodò l'altro capo a un ramo.

«E adesso?» chiese Minna un po' confusa quando Quax fu di ritorno.

«Questa è una scaletta per topi» spiegò lui.

Ah! Minna aveva capito. In un battibaleno, si arrampicò fino in cima! «Sei davvero una forza, Quax!» gridò da lassù. Quindi corse dal suo amico passerotto nel suo nido e i due salutarono felici i loro aiutanti di sotto.

E a te piacerebbe vivere in un albero o in una casetta sull'albero? Oppure quale sarebbe la tua casetta preferita?

L'orsetto Bono riuscirà a vincere?

L'orsetto Bono, il riccio Ferdi e l'anatroccola Antonia facevano una gara di nuoto nel fiume. «Facciamo a chi arriva prima di là sulla riva sabbiosa!» gridò Antonia. «Pronti, ai posti, via!» Gli amici partirono. Antonia pensava di essere la più veloce, ma dovette darsi da fare. Il riccio Ferdi nuotava davvero forte, dimenando in fretta le quattro zampettine sotto l'acqua. E Bono? Lui era il più grosso e quindi nuotava più lentamente, ma con sicurezza. Ad Antonia sembrava che andasse un po' troppo in fretta e ficcò curiosa la testa sotto l'acqua. «Ehi, ma tu imbrogli!» gridò l'anatroccola quando fu riemersa. «Cammini sul fondo!» L'orsetto sorrise. «Ehi, aspetta!» gridò Antonia, e si aggrappò saldamente col becco alla sua pelliccia. Adesso anche il riccio si aggrappò alla pelliccia dell'orsetto. Bono rise. E rise così tanto che scivolò sul fondo fangoso, andò brevemente sotto e riemerse tossendo. Siccome si era tirato dietro gli altri, adesso anche loro erano senza fiato. In breve ridevano tutti così tanto che arrivarono alla riva solo a fatica. «Uh uh, che divertente!» gridò l'orsetto Bono.

«Sei un vecchio imbroglione!» ansimò il riccio Ferdi e lo pizzicò con forza nel sedere. E l'orsetto scoppiò a ridere un'altra volta. Anche Antonia rideva. «Be', abbiamo vinto tutti» disse. «Io ho portato abbastanza dolci per tutti!» E insieme si precipitarono sui deliziosi dolcetti al cioccolato. E chi vinse la gara di chi mangiava più dolci? Ma l'orsetto Bono, ovviamente! A mangiare, infatti, era il più bravo di tutti. E tu, sai già nuotare un pochino, muovi le braccia o sbatti solo le gambe?

Ma quante belle mele!

Pluffi gemette. Uff, quel carretto era davvero pesante! L'agnellino aveva promesso al riccio Ferdi di tirare fino a casa sua il carretto pieno di mele. Al riccio le mele piacevano moltissimo. Per la strada Pluffi passò davanti al pascolo di Gloria. La mucca trotterellò subito dallo steccato. «*Muu*, buongiorno!» biascicò ruminando un ciuffo d'erba. «Ma quante belle mele che hai lì!» Pluffi annuì. «Se solo fossero un po' meno, il carretto sarebbe più leggero» disse. Gloria sbuffò contenta. «In questo posso aiutarti io» disse, e gli prese una mela dal carretto.

Pluffi rise. «Grazie, così va già meglio!» Proseguì e poco dopo gli venne incontro il bassotto Balduin. «Ma quante belle mele che hai lì!» gridò. «Sì, però sono così pesanti!» brontolò Pluffi. «Ci penso io» abbaiò Balduin, e subito ne acchiappò quattro.

Pluffi proseguì. Su un albero al ciglio della strada vide seduto il corvo Munnin.

«Uh, ma quante belle mele!» gracchiò il corvo.

«Sì, sono solo un po' pesanti!» disse Pluffi.

«Ti aiuto io!» propose Munnin, e con il becco ne fece rotolare giù tre.

«Grazie» disse l'agnellino. «Ora sì che è davvero più leggero!» Ormai sul carretto rimanevano solo poche mele e così Pluffi riuscì a tirarlo senza problemi. E per il piccolo riccio ne restavano comunque abbastanza. Che fortuna che Pluffi avesse tanti amici gentili!

E tu, conosci qualcuno che mangi le mele così volentieri? Magari sei proprio tu?

La festa dell'orrore più bella del mondo

Quax, Ferdi e Antonia facevano una festa dell'orrore. Antonia era un fantasma, Ferdi un vampiro e Quax una mummia. Ferdi aveva appeso dei lumini in giardino, buffe zucche intagliate e pipistrelli di gomma. «Su, giochiamo a nascondino» gridò il ranocchio. Subito scapparono tutti via. Quax stava sotto. «Uno, due, tre...» Alla fine gridò: «Arrivo!» Strisciò silenziosamente nel giardino. Ehi, era già buio! E che silenzio! Solo ogni tanto si sentiva il fruscio di una foglia. D'un tratto sotto i piedi del ranocchio scricchiolò un ramo. «Uh!» gridò spaventato.

«Aah!» tuonò una voce dal cespuglio vicino a lui: era il piccolo vampiro-riccio che stava venendo fuori. «Ma perché mi hai spaventato così?» Quax ridacchiò. «Scusami tanto» sussurrò. E poi gli mostrò il buco nell'albero davanti a loro: lì aveva visto agitarsi qualcosa. Di sicuro era la piccola anatroccola! Quax ficcò un braccio nel buco e acchiappò una zampetta. «Ti ho presa!» gridò ridendo. «Chi, me?» chiese Antonia vicino a lui. «Sei qua?» esclamò Quax interdetto. «Ma allora di chi è la zampa che ho... ahi!» Quax ritirò in fretta la mano. «Qualcuno mi ha pizzicato!»

Ed ecco che dalla sua tana nell'albero uscì in tutta fretta il vecchio gufo con un forte e offeso «*Uh, uh!*» e gli si avventò addosso.

Quax, Antonia e il riccio Ferdi si abbracciarono stretti tutti spaventati. Ma poi il riccio scoppiò a ridere. «Era solo il gufo!» boccheggiò. «Ehi, siamo proprio una buffa combriccola!»

Quax si teneva la pancia dal ridere e gridò: «Questa è la più bella festa dell'orrore che abbia mai visto!»

E tu, come ti travestiresti per una festa dell'orrore?

Il bottino preferito di Munnin

Pluffi stava seduto sotto un albero e leggeva. A un tratto dall'albero cadde qualcosa: era un fermaglio per capelli! Pluffi guardò in su: oh no, ecco che adesso volava giù qualcos'altro! L'agnellino si scostò leggermente di lato: sull'erba era finita una fibbia da scarpe tutta luccicante. E poi un braccialetto, una catenina rotta e una chiave. Infine il corvo Munnin svolazzò giù dall'albero. Volava sul parco giochi e chiaramente cercava qualcosa. «Che cos'hai perso?» gli chiese Pluffi. Munnin sospirò. «Il mio bottino preferito, un anello tutto luccicante con sopra un cuore. Ho messo a soqquadro tutto il nido, ma non riesco a trovarlo. Oh, sono proprio un corvo sfortunato!» e un grosso lacrimone gli colò lungo la guancia. Pluffi cercò di consolarlo: «Ti aiuto a cercarlo». Di lì passava anche l'orsetto Bono e si mise ad aiutarli. Cercarono dappertutto, ma non trovarono nessun anello. «Eppure deve essere da qualche parte!» esclamò Munnin picchiando le zampette nella sabbia tutto attorno. E allora a un tratto Pluffi indicò la zampa sinistra di Munnin: «Guarda, Munnin, eccolo lì!» L'anello gli si era infilato attorno alla zampetta. Munnin scoppiò a ridere. «Che fortuna! Ma adesso come faccio a rimettere tutto nel nido?» L'orsetto gli porse il suo fazzoletto. «Ecco, metti qui tutte le tue cose, così riuscirai a portarle nel nido senza problemi. Però poi il fazzoletto restituiscimelo!» Munnin annuì. «Tanto questo non luccica proprio per niente.»

Come un lampo, Munnin raccolse tutto e lo riportò nel nido. Anche l'anello. «Adesso hai voglia di giocare con noi?» gli chiese Pluffi. «No» rispose Munnin. «Ora devo contare i miei tesori.» Pluffi e Bono annuirono: dei propri tesori bisogna sempre avere buona cura! E tu, ce l'hai qualche cosa che luccica? Di che cosa si tratta?

Una battaglia di sabbia per niente noiosa

«Mi sto annoiando» brontolò il corvo Munnin. «Che barba!» Fips non capiva: sbuffava forte con il naso nella sabbia e cucinava una torta di sabbia dopo l'altra. «Avanti, Munnin, ti faccio mangiare i miei dolci!» trillò Fips tutto allegro. Sì, quella era una cosa che Munnin faceva volentieri, perciò arrivò di corsa. Il maialino aveva uno stampo a forma di torta, uno a forma di mela e uno a forma di macchinina. Munnin beccò subito tutti i dolci e tutte le mele, ma poi smise. «E queste che cosa sarebbero? Macchinine? Guarda che le macchinine non si mangiano mica!» Fips grugnì. «Non sono mica macchinine, sono dolci!» Munnin lo guardò insolente. «No, in realtà è solo sabbia.»

Fips capì che Munnin voleva solo farlo arrabbiare. «Ehi, aspetta!» gli disse ridendo, e piazzò una torta di sabbia sulla testa del corvo. «*Cra cra!*» brontolò Munnin. Si voltò e con le zampette sollevò un'enorme nuvola di sabbia. Fips grugniva divertito. «Una battaglia di sabbia!» esclamò e si mise subito a rincorrere Munnin. Il corvo prese la rincorsa e stava per volare via dal parco giochi, ma la zampa gli rimase impigliata in una corda. Inciampò e cadde con il becco nella sabbia.

«*Cra*, adesso ho tutto il becco pieno di sabbia!» strillò arrabbiato.

Fips corse subito da lui. «Oh, piccolo corvo sfortunato!» lo consolò il maialino. «Vieni, per consolarti ti racconterò una magnifica storia di un piccolo corvo coraggioso.» Sì, quella Munnin aveva proprio voglia di ascoltarla. Ed era la storia di un corvo che non era mai ma proprio mai sfortunato!

Che cosa ti piace fare con la sabbia? Torte, un castello oppure scavare un grosso buco?

Cercatore d'oro

Il riccio Ferdi faceva come sempre la sua passeggiata serale lungo il fiume quando scorse Quax inginocchiato sulla riva che immergeva un fazzoletto in acqua. «Che cosa stai facendo?» gli chiese il riccio curioso. «Lavi il tuo fazzoletto?»
Quax scosse la testa, poi tirò fuori il fazzoletto dall'acqua e lo scrutò attentamente. «Cerco l'oro» rispose.

Adesso il riccio Ferdi rimase davvero a bocca aperta. Oro? In quel fiume? «Ma qui non c'è oro!» disse. «Certo che sì» ribatté Quax. «Guarda un po' quel ceppo laggiù.»

Il riccio Ferdi andò a vedere: sul ceppo c'era una pepita d'oro grossa quanto un uovo. «Sembra davvero oro!» si stupì. «Appunto» mormorò Quax, e tornò a immergere il fazzoletto nell'acqua. «Ti aiuto» disse Ferdi. Adesso agitavano tutti e due avanti e indietro i loro fazzoletti nel fiume. «E quell'oro lo hai trovato con il fazzoletto?» volle sapere Ferdi. «No» spiegò Quax. «L'ho avuto dalla nonna. Però il tasso ha detto che potrebbe venire da questo fiume.» Ferdi smise all'istante di cercare. «Ah, lo ha detto il tasso. Ma quello dice sempre un mucchio di sciocchezze.» Quax lasciò cadere le braccia. «Dici davvero? Niente oro?» Il riccio Ferdi scosse la testa. E adesso il ranocchio era tanto triste? No. Quax ridacchiò, piegò il fazzoletto bagnato, se lo mise attorno al collo e gridò: «Vieni, andiamo a giocare ai cercatori d'oro sulla terraferma. Io nascondo la pepita e tu la cerchi!» Il riccio rise: non c'era davvero niente che guastasse l'umore del ranocchio.

E tu, conosci qualcuno che dice sempre sciocchezze?

Bono e la pericolosa avventura con i pirati

Pluffi guardava curioso dall'altra parte dello steccato dove l'orsetto Bono correva sull'aia con il suo carretto. Sul carretto c'era un grosso ceppo. «Ma perché ti porti dietro un albero intero?» chiese curioso l'agnellino.

«No, è solo un ceppo» spiegò Bono. «Voglio farlo a pezzi così avrò legna per il camino per tutto l'inverno.

Pluffi la trovò un'ottima idea e decise di aiutare il suo amico, perciò spinse il carretto da dietro. Nel giardino di Bono, rovesciarono il ceppo e l'orsetto andò a prendere un'enorme sega. Aveva un manico per parte, perciò potevano segare insieme.

«Molto comodo» si rallegrò Pluffi. Adesso tiravano avanti e indietro con forza la sega sul legno. Segarono un bel pezzo dietro l'altro, e quando ebbero finito dovevano tagliare quelli più grossi ancora una volta.

Ma quando Bono sollevò un ciocco per portarlo nella sua grotta, a un tratto si mise a tintinnare.

«Che cos'è stato?» bofonchiò Bono stupito.

«Era come se ti fossero caduti dei soldi dalla tasca» disse Pluffi. Ma Bono di tasche non ne aveva!

«Strano» disse l'orsetto, e andò avanti. Ma di nuovo ci fu quel tintinnio. Bono scrutò il ceppo di legno. «Ah, un fantasma!» sussurrò spaventato. Pluffi scosse il capo facendo ondeggiare i suoi riccioli. «Ma non dire sciocchezze, i fantasmi non esistono!» Spinse il ciocco con la testa: ***dlin dlin dlin!*** Pluffi sobbalzò per lo spavento. «I fantasmi non suonano i campanelli, loro fanno "*Buu!*"» disse Bono risoluto. Quindi prese il ciocco e grattò via lo spesso strato di muschio che ricopriva il tronco. E a un tratto da un buco nel legno rotolarono fuori cinque monete d'oro! «Talleri!» si rallegrò Pluffi. «Hai trovato un tesoro!» Bono era davvero felice: vere monete d'oro! «Ora sei ricco» gli disse Pluffi ammirato. Bono rise. «Naturalmente sono di tutti e due. Ecco, prendi due talleri e io prendo gli altri due.» E così divise equamente le monete. Ma poi…

«Ne avanza ancora una» osservò Pluffi.

L'orsetto Bono ci pensò su. Poi gli venne un'idea. «So che cosa farne! L'appenderò a una cornice nel muro, e poi racconterò a tutti la pericolosa avventura di come abbiamo trovato i talleri dei pirati. Perché devono essere proprio talleri di pirati!»

Pluffi lo guardò stupito. «Ma non è mica un'avventura pericolosa, i talleri li abbiamo trovati per caso segando il ceppo!» Bono annuì. «Sì, ma non lo sa nessuno. E a tutti piace ascoltare le storie!» Su questo aveva ragione. E così, Pluffi e Bono sistemarono la legna ridendo. Poi Bono accompagnò a casa l'agnellino.

«E tu che cosa ci farai con i tuoi soldi?» gli chiese Pluffi. «Ti comprerai una sega elettrica?»

L'orsetto ci pensò su. «Uhm… no, credo che un tallero lo spenderò per fare una grande festa con tutti gli amici, e ci comprerò un mucchio di miele e di dolci. Naturalmente sei invitato anche tu. E l'altro lo seppellirò da qualche parte in modo che anche qualcun altro possa trovare un tesoro. Oppure lo ritroverò io l'anno prossimo. Mi sembra una buona idea!» Pluffi rise.

«Lo farò anch'io.» Contenti, i due proseguirono il cammino. E per molto tempo ancora si sentì il tintinnio delle monete d'oro nelle loro mani.

E tu che cosa faresti se trovassi delle monete d'oro?

Sandra Grimm

viene da un paesino nel Nord della Germania, dove l'anatra e il riccio si danno la buonanotte. Per molto tempo ha lavorato e studiato in diverse città, anche all'estero, poi è diventata pedagogista qualificata, editor e mamma e, infine, è tornata al paesino, dove vive con il marito e i tre figli maschi. Dà personalmente la buonanotte ai ricci e ogni giorno scrive nuove storie per lettori grandi e piccoli.

Lavora per molte case editrici tedesche per bambini e ha già pubblicato diversi albi illustrati.

Anna Karina Birkenstock

è nata a Solingen nel 1975. Dopo la maturità, nel 1995, ha lavorato come assistente per Helmut Claus, fotografo free-lance di Colonia. Dopo avere studiato new media art all'Università di Karlsruhe, oggi lavora come web designer, artista, autrice e illustratrice. Ha già illustrato molti libri di stoffa e cartonati per l'infanzia.

Per tutti gli eroi di questo libro.

PROVA D'ACQUISTO
978-88-04-64291-6
Le girastorie
degli animali